四捨五入殺人事件

井上ひさし

中央公論新社

目次

四捨五入殺人事件

事件の舞台

1

ある年の六月中旬、紺地に白く『成郷市役所《なるごう》』と染め抜いた旗を立てた国産大型車が、奥羽山脈と仙北《せんぼく》平野とのちょうど中間の、海抜三百米《メートル》の高原を走っていた。だが、その車の走るさまといったら、まるで太平洋の海底をふらふら泳いでいる栄養失調の老いぼれ海亀といったような按配《あんばい》であった。車の前面窓《フロントガラス》には馬穴《ばけつ》の水でも浴びせかけるように雨が激しくぶつかってきていた。ワイパーの拭《ぬぐ》ったそばから桜桃《おうとう》ほどもある大きな水の玉が叩きつけられてくるので、前方の見通しがきかず、それで車は、水が二、三糎《センチ》ほどもたまった舗装道路の上を亀よろしくのろのろと走っていたのだった。

外部《そと》と同じように車の内部《なか》の見通しも良好とはいいかねた。煙草《たばこ》の煙で、焚《た》きはじめたストーブの煙突《えんとつ》のなかのように濛々《もうもう》とけむっていたからだ。運転手も、助手台に行儀よくかしこまっている市の観光課課長補佐の岡田という中年男も煙草は喫《す》わない。煙を吐き出しているのは後部座席の二人の男。

「これじゃまるで天の底が抜けたような降り方じゃないか」

運転席の真うしろにのけぞるような恰好《かっこう》で腰を掛けていた六十歳前後の小肥りの男が、天井を向いた鼻の穴から煙を勢いよく吹き出した。この男は石上克二という作家である。かつてこの作家の上には〈流行〉とか〈人気〉とかいう二字が冠《かぶ》せられるのが常であったが、いまは二字が一字に減って〈大〉の字がつく。

「まったくどうなっているのかね」

「なにしろ、現在《いま》は梅雨《つゆ》でございますので」

助手台の課長補佐がこの大雨は自分の責任とでもいうように頭を掻《か》いた。

「まことにあいすみません」

「いつもこうなんですか」

こんどは助手台のうしろの席から、四十前の、部厚いレンズの眼鏡《めがね》をかけた男が課長補佐にたずねた。この近視男は藤川武臣《たけおみ》という勇しい名前を持ち、石上克二とは同業である。言うまでもなくまだ〈大〉の字を冠せられて呼ばれるまでには至っていない。つい二年ほど前まで彼にはいつも〈今月の大型新人〉という長ったらしい修飾句がついていた。その長い修飾句が『新鋭』にかわったのは、一年前、ある文学新人賞を得てからのことである。

「このへんは雨が多いんでございます」

課長補佐は皺《しわ》くちゃのハンカチでしきりに首筋の汗を拭《ふ》いた。

「がしかし、これほど降るのは珍しゅうございますなあ」

「あの男のせいだ」

大作家の石上克二が灰皿に煙草をぎゅっと押しつけた。

「あの男は雨男なのだよ。あいつと講演旅行に出たのは今回で五度目だが、五度とも雨に祟《たた》られておる。あいつの責任にちがいないのだ」

「あのう、あいつとは立川先生のことでございますか」

課長補佐の声がにわかに活《い》き活《い》きしてきた。大雨の責任を他に転嫁できそうな可能性が出てきたので嬉しいのだろう。

「漫画家の立川先生が雨男だとおっしゃるので」

「そうだよ」

勢いよくうなずいて石上はセブンスターの袋に右の人さし指を突っ込む。が、袋のなかは空《から》っぽのようだった。石上は左手で袋を握りつぶし、床にぽいと捨てた。

「先生、どうぞ」

藤川が石上に自分のセブンスターを差し出した。

「……うむ」

石上はセブンスターの袋を受け取って一本抜いて口に咥《くわ》え、マッチをすって火を点《つ》けると、母親の乳首を探しあてた赤ん坊のようにすっぱすっぱとせわしなく吸いつけた。そして、袋は藤川に返さずに、自分のワイシャツのポケットに捩《ね》じ込んだ。藤川は一瞬、あれっ？という顔になったが、石上が平然としているので、そのうちにばつの悪そうな表情を泛《うか》べ、煙草盗人《ぬすっと》の前に差し出していた手を引っ込めた。

「やつはたかだか漫画界の古狸《ふるだぬき》にすぎん。ひきかえ、こっちは作家だぞ。加えて、こんなことを言ってはなんだが、こっちは大家だ。大家をさしおいて、とりを取るとはなにごとだ」

石上がぶつぶつ呟《つぶや》いている。その呟き声を聞いて藤川は、成郷市役所を車で出て以来、ここまでずっと石上の機嫌が悪かったのは、今夜の講演会のとりを立川にとられてしまったためだったのだ、と思い当った。

成郷町が付近五カ町村を合併して市となったのはひと月ばかり前のことで、講演会はその記念行事のひとつである。市長と文芸出版社C社の社長が大学時代に机を並べていたそうで、その関係で社長がこの講演会の実現にずいぶん力を入れたらしい、と藤川は聞いている。そういえばたしかに講演依頼はまず出版社からあった。また、自宅へ車を廻してくれたのもその出版社だったし、上野駅から成郷駅まで随行員としてついてきたのも、出版社の出版部員だった。

上野から成郷まで、本線支線と乗り継いで五時間四十六分かかったが、その間《かん》、講師の講演の順番をどうするかでなんとはなしに揉《も》めていた。むろん、藤川はいの一番に壇上に立って他の二人の講師の前座、露払いを勤めるつもりでいた。年齢やキャリアからいっても、藤川が二番手、あるいはとりということは考えられない。だが、石上と立川は、たがいに相手が、

「あなたの前にわたしがやりましょう」

と、言い出してくるのを待っていたようだった。もっと言えば、立川は石上が、

「あなたは戦前から活躍しておいでの大漫画家。それにお年もわたしなどよりずっと上だし、あなた以外にこの一座の座長役を果せる方はおりますまい」

と、立ててくれるのを待ち、一方、石上は石上で立川が、

「たしかに年齢も経歴もこっちが古いが、あなたはいまや文壇の重鎮、あなたの方がずっと名前は売れています。とりをとるのはだれがなんといおうとあなたでなくてはなりません」

と、花を持たせてくれるのを待っていたみたいだった。だが、随行の出版部員が「とこ

ろで、今夜の講演の順番ですが……」と切り出すと、双方とも相手の出方を窺《うかが》っているのか、窓外へ目をそらしたり天井を睨《にら》みつけたり、妙な具合に黙り込んでしまうのである。そのたびに出版部員はへどもどし、通りかかった車内売子を救いの神に、アイスクリームを買うなどして話の鉾先《ほこさき》をほかへつけるのだった。

藤川はそれまで二十回近く、作家や漫画家、また評論家や学者たちと一座を組んで講演旅行に出かけていたが、いつも、年下の者が年長者を立て、経験の深いものが新人に譲り、大家は小家に花を持たせ、新進は老練をあがめ、そうしているうちになごやかに、そして自然に、順番が決まっていた。だから彼には、石上と立川がなぜそう講演の順番にこだわるのか、理解できなかった。

(ひょっとしたら二人の間になにか悶着《もんちゃく》の種のようなものがあるのかもしれない。たとえば、偶然、銀座で同じ女を張り合ったとか、どっちかがどっちかの陰口をきき、それがどっちかの知るところとなったとか……)

藤川ははじめはそう考えたが、すぐに、

(ちがう)

と、思い直した。そんな仲ならはじめから講演旅行を共にするはずはないのだ。

(汽車が上野を発《た》ってから、二人のあいだになにかあったのかもしれない)

次にこう考えた。がしかし、これもあまりあてにはならない。上野駅から成郷駅まで藤川は常にどちらかと一緒に坐っていた。二人のあいだになにかあれば、藤川もすぐにそれと気付いたはずである。

（おたがいに今日は虫の居所が悪いのだろう。それで譲り合うきっかけをお互いに摑《つか》みそこねたにちがいない）

最後にこう考え、旦那とおいらんの間を取り持つ太鼓持になったつもりで、藤川は汽車が成郷駅に滑り込む寸前に、二人に次の如《ごと》き提案をした。

「例の順番ですが、ジャンケンで決めたらどんなものでしょうか」

出版部員は、

「それはいい考えですなあ」

と、賛成した。

「わたしの役目は先生方を成郷駅までご案内申しあげることと、車中で講演の順番を決めることなのです。ここでジャンケンをしていただければ、わたしの役目はふたつとも無事完了で。なにとぞひとつおジャンケンを」

両手合わせて拝まれて、二人は渋々ジャンケンをした。勝負は一回で決まった。石上はグー、立川はパーだった……。

「……あの男はたしかにひねくれ者だ」

藤川の隣りでは石上がまだぶつぶつ言っていた。

「藤川君、わたしはある心理学者と親しくしておるがね、いつだったか彼の学位論文を読んだことがあるのだよ。論文の題は『ジャンケンポンの心理学的考察』。この学者は二年かかって、一万五千組三万人の人間にジャンケンポンをしてもらい、日本人がジャンケンポンをする場合、最初になにを出すことが多いのか、統計を出しておる。それによれば、グーが六五％で最も多い。次にチョキが二〇％強、そして最初に最も出す率の低いのがパーで一五％弱。同じことをイタリア人で試してみたら、連中はたいてい最初にパーを出すらしい」

「なるほど」

藤川は感心したふりを装ってひとつ大きくうなずいてみせた。

「おもしろいところに目をつけたものですねえ」

「そこでその学者はこう結論しておる。日本人がどうしても最初にグーを出してしまうのは、貧乏性で引っ込み思案で照れ性の国民性によるものである。はじめのうちはどうしても心を外に大きく開くことができにくい。グーが六五％という数字は、それを現わしている。イタリア人はそれにくらべて陽気で開放的であり、そのために最初から平気で掌《てのひら》を開くことができる……」

「ははあー」

藤川はこんどは二回つづけてうなずいた。

「なんともたいしたもので……」

「それでその学位論文は無事に審査をパスしましたのでございますね」

助手台の課長補佐が石上の方へ身体《からだ》を捩《よじ》って訊《き》いた。

「いや、残念ながら駄目だった」

「それはお気の毒に」

「しかし、彼は根気がいい。すこしも挫《くじ》けなかった。いま彼は次の学位論文の準備のために、新宿や渋谷《しぶや》や錦糸町《きんしちょう》の将棋道場に日参をしている」

「……将棋道場、でございますか」

「うむ。彼は、たとえば王を美濃《みの》囲いなどで右に囲いたがる人間にはどういう性格が見られるか、また、王を矢倉《やぐら》や舟囲いなどで左に囲いたがる人間はどういう性格が強く出ているか、すなわち、王を右に囲いたがるか左に寄せたがるかでその人間の性格を判断できないか、ということを調べているらしい」

「それでなにかわかりましたので……」

「意外なことがわかった。王を右に囲いたがる男はほとんどといっていいほど、ズボンの右方に己が逸物《いちもつ》を垂しとるらしいね。そして左に囲いたがる男は逸物を左方に押し込んでいる……」

「そうしますと、女性の将棋愛好者は困りますねえ。逸物がないのですから、右にも左にも垂しようがございませんもの」

「女性はたぶん王を囲うことはしないんですよ」

課長補佐の質問に石上がぐっと詰まってしまったので、藤川はすかさず忠義の助け舟を出した。

「女性ですから王はマンナカに置いておくだけなんですよ」

「マン……ナカ、ですか。なるほどねえ」

「とにかく、やつはへそ曲りだ」

石上が怒鳴った。驚いて課長補佐は小さくなり正面へ向き直った。

「なにしろ日本人ならグーを出すべきなのに、やつは最初からパーを出しおったのだからな」

車は下り坂にさしかかっていた。

「まもなく鬼哭川《おになきがわ》でして……」

課長補佐が前方を指で差し示した。

「鬼哭川を渡りますと、五分ほどで鬼哭温泉に着きます」

藤川は課長補佐の肩越しに前面窓の向うを見た。がしかし、雨足は一向に衰えてはいず、見通しはきかない。

「鬼哭温泉だなんてあまり聞いたことがありませんね」

「それだけ俗化しておりませんのです。温泉旅館が三軒、店といえば雑貨屋と乾物屋とを兼ねたようなよろず屋が一軒あるだけで、温泉地につきもののお土産《みやげ》屋もございませんよ」

車は下り坂にさしかかったようである。身体が前へ前へと引っぱられて行く。

「この坂を下りたところが鬼哭川です」

「珍しい地名だな」

石上はあいかわらず、己れの鼻の穴に煙突の役を勤めさせている。

「なぜ、鬼哭川で、鬼哭温泉なのだね？」

「はあ、鬼さえも泣いた、というほどの意味でして……」

「鬼がなにに対して泣いたのだろう？」

「年貢取立てのきびしさに対してだそうですよ。つまりびしびしと情け容赦なく年貢を取り立てられる百姓たちに同情して、あの鬼までが貰い泣きしたというわけで……」

「鬼哭川とは、いってしまえば鬼の涙が集まって流れになったということか」

「そのとおりでございます」

「鬼哭川の由来、もっと詳しく聞きたいものだね」

石上は車に乗って以来はじめて（といっても、成郷駅をこの車で発ったのが午後三時、それからまだ二十分も経《た》っていないけれども）、背中を座席の背凭《せもた》れから剝《はが》し、課長補佐の方へ身体を乗り出した。

「漁場に接近すると、漁師はある種の昂奮《こうふん》を覚えて思わず身体が硬くなるそうだ。作家もわたしぐらいになると、いい話を耳にするたびに身体がしゃんとなる。この話は使えそうだと、作家としての勘が働くのだ」

気障《きざ》だなあ、と藤川は思った。それにこの大作家は相当に材料《ねた》不足のようである。でなければこんなに簡単に、昔話に飛びついたりするものか。

「鬼哭川を渡りますと、五十町歩ほどの水田が見えてまいります」

「こんな山奥に水田があるのかね」

「はあ。その水田が隠田《おんでん》というやつでして」

「隠田というと、隠し田《た》ん圃《ぼ》のことかね」

「はい。むかし穫れた米を洗いざらい領主に持っていかれ、喰《く》い料《りょう》どころかあくる年の種《たね》籾《もみ》まで事欠くことがしばしばで、成郷の百姓たちは自衛のために、五里も山奥の、この先あたりにこっそり田を拓《ひら》いたのです。こういった隠田は、たいていの場合、名主も村役人も見逃してくれるのが普通ですが、成郷の領主はずいぶんときびしいお方だったようでございまして、隠田からも年貢を取り立てました。そればかりではなく、隠田開拓の主唱者を見せしめのために、鬼哭川に水漬けにしてしまった。もっともそのときは、鬼哭川にはまだ成郷川という別の名が付いておりましたが……」

「水漬けはちょっとひどすぎるねえ」

石上は鹿爪《しかつめ》らしくどっかりと腕あぐらを組んだ。石上の左肘《ひじ》が藤川の右腕にぶち当ってきた。（隣りの迷惑も省りみず大きな腕あぐらを組むのもちょっとひどいではないか。自分ひとりで後部座席を占領しているのならどう腕組みしても構わないが……）と、藤川は口の中で不平を鳴らしながら、身体を窓際にすこしずらした。

「隠田が露見してもほとんどの場合、許してもらえるというのが、江戸時代を通しての不文律だったのだからねえ。もっともきびしい処罰でさえ、隠田主は中追放がせいぜい。そのときでも隠田開始以来の怠納年貢を堪忍料として差し出せば追放は取り消してもらえた。そのへんがつまりは常識、水漬けは非常識すぎるよ」

「おっしゃる通りで。隠田開拓の主唱者は作左衛門という成郷一の篤農家だったそうでございますが、この人、これから渡ります鬼哭橋の川下で水漬けになり、三日三晩、苦しみ抜いた末、亡くなりました」

「水漬けといいますと、どのような処罰法ですか」

藤川が課長補佐の背中に向って訊いた。

「小説家のくせに君もものを知らん男だねえ」

答えは右隣りの石上から届いた。

「まず、丸太棒に罪人を逆さに吊《つる》す」

「逆さに、ですか」

「そう。で、その丸太棒を川の中に立てる。立てる場合、役人たちは罪人の目と鼻が水の下に隠れるように心掛ける」

「そ、そうしますと、逆さに吊されているのですから、口は水の上に出ているわけですね」

「うむ、呼吸は辛じて出来る。が、しかし、そのままでは、鼻から水が浸入してくる」

「それは辛《つら》いだろうなぁ」

「そこで罪人は筋肉の力を総動員して、首を右か左へ曲げ顔を擡《もた》げ、鼻腔《びこう》から水が入るのを避ける。だが、そのうちに身体の重みで縄目がわずかに緩む。緩んだ分だけ、罪人の身体は水中に沈む。鼻まで浸していた水がやがて口をも浸すようになる。罪人はただもう死
もの狂いになって顔を擡げる……」

「しかし、それもそのうちに力が尽きてしまい、できなくなります」

課長補佐が説明を引き継いだ。

「で、とどのつまりは溺死《できし》。この刑で死んだ人間は人相ががらりと変るそうです。顔がふやけて白くなり、まるで白豚の面《つら》つきそっくりになるというはなしですが。この地方に残っている言い伝えによりますと、作左衛門が息を引き取った途端、川の水がぐんと殖えたらしいですね。それまでは、夏場などにしばしば水が涸《か》れることがあったのが、以来、一度も水涸れなしです。水の涸れることがないのは、つまり、高塔山《たかとうやま》に棲《す》む鬼が作左衛門の死に同情し、泣いているからである、とまあこんなわけでして……」

不意に雨が小降りになった。ワイパーで拭われた後の前面窓の向うに、長さ三十米ほどの木の橋が黒々と見えている。車はゆっくりと橋に近づいて行った。橋の両袂《たもと》に黒い人影があった。異様に顔が大きい。それればかりか、口は耳の下まで横に裂け、白い牙《きば》が雨に濡れて光っていた。

「……なんだね、あれは」

石上は咥えていた煙草をぼたりと床に落し、腰を浮かせた。

「鬼でございます」

課長補佐が得意声で答えた。

「ただし木彫の鬼ですが……。鬼哭温泉へ湯治客を集めるために、わたくしがトーテムポールにヒントを得て考え出したものでございます」

たしかに、左の青鬼の腹には赤いペンキで「歓」の字が、右の赤鬼の腹には青いペンキで「迎」の字が大きく書いてある。二匹合わせて「歓迎」というわけだ。

「鬼の出迎えを受けて温泉入りというのはあまりぞっとしないねえ」

石上は床の上でくすぶっている煙草を靴で踏みにじった。

「だいたい鬼の木像がリアリズムすぎる。もっと愛嬌《あいきょう》がなくては歓迎にならんよ」

「おっしゃる通りかもしれません。なにしろ鬼のトーテムポールを立ててから客が殖えたという話も聞きませんから……」

課長補佐は頭を掻きながら、助手台の窓を開けた。

「ところで、これが鬼哭川でございます」

藤川も課長補佐にならって左側の窓をおろした。ひんやりとした風が車内の煙草臭い空気を一掃し、藤川は吻《ほっ》となって思わず深呼吸をはじめた。が、鬼哭川の水面が異常に高いのに気づいて、途中で深呼吸をやめた。橋と水面との間隔が一米もないのである。暗緑色の水はちょっと見では動いていないようだが、水面を滑っている木の枝や木の根はかなり速い。ということはやはり水の流れもそれだけ速いのだ。

ごとん。ごつん。

足の下から鈍い音が響いてきた。木の枝や木の根が橋の支柱にぶつかっているのだ。そのたびに、橋がゆらりと揺れるような気が、藤川にはした。

「梅雨時はいつもこんなかね」

石上は運転席の背に両手でしがみついている。大作家といえどやはり怖いのだろう。

「じ、じつは地元の人間であるわたくしも、これほどまで増水した鬼哭川を見るのははじめてで……」

「……ひ、ひ、引っ返した方がいいんじゃないのか」

「ちょうどいま、わたくしどもは橋の真ん中におります」

はじめて運転手が口を開いた。

「バックより前進する方が危険が少いと思います。いかにわたくしといえど、これから十五米もバックするのは、大仕事で……」

運転手もこわがっているらしいと知って、藤川は蒼《あお》くなった。石上も藤川と同じ心境のようで、身じろぎひとつしない。

2

橋を渡り終えると急にみんなが能弁になった。緊張が緩んで吻としたせいにちがいない。

「晴れていれば、左手から高い山がわたしたちにのしかかるように迫っているのが見えるのですが……」

課長補佐がまた案内役に返り咲いた。

「その山が高塔山です。標高はたしか五百米とちょっとだったと思いますが……」

「つまりそこが鬼の棲み家なのだね」

「はい。いましがたの鬼哭川は温泉をぐるりと取り囲むように流れているのですが、その源は高塔山のうしろのうしろそのまたうしろ、奥羽山脈の真只中《まっただなか》……。つまり、簡単に申しあげますと、鬼哭温泉の南と東と北とを鬼哭川がとりかこむようにして流れ、西に高塔山が聳《そび》え立っているわけですね」

「で、いまの橋は、鬼哭温泉から見て、どの方角に当っているのだね」

「南です」

「すると、われわれの車は北に向っているってわけだな」

「おっしゃる通りで」

雨は依然として降っている。が、さっきほどは激しくない。しばらくは雨に煙る水田風景が続く。高塔山と鬼哭川の中間の、帯のように細い地面は、道路以外はすべて田ん圃である。高塔山側と鬼哭川側とでは五、六十米も高さがちがうのに、なぜか、田の一枚一枚が大きい。山地の田畠《たはた》は、たとえば四国の段畠のように一枚一枚が畳一枚ほども小さいのが普通なのに、そしてその方が狭い土地をより有効に利用できるはずであるのに、なぜ、この鬼哭の田は大きいのであるか。田の一枚一枚が大きいせいで、田と田との境は高さが一米以上もちがっているが、隣りの田へ移るのに一米の高さから飛び降りたり、また一米の高さを登ったりするのはさぞ骨の折れることだろう、なのになぜ……？　藤川は首を傾《かし》げながら、車窓の外を眺めていた。

この《山地の田にしては一枚一枚が大きすぎるのではないのか》という藤川の素朴な疑問こそ、やがて生起するはずの怪事件を解決する第一の鍵《かぎ》になるのだが、このときの藤川はむろんそのことには気がついてはいない。

鬼哭川を右手下方に眺めながら五分ばかり走るうちに、前方に小さな集落が見えてきた。高塔山を背負い道路に沿って二階屋が五、六軒並んでいる。車はそれらの二階屋のうちの一軒に停まった。間口二間の大玄関の横に、

『鬼哭温泉・高屋旅館』

と書いた大看板がぶらさがっていた。

「どうもお疲れさまでございました」

課長補佐は愛想笑いを泛べて後部座席を振返った。

「ここが今夜のお宿でございます」

運転手はクラクションを二、三度短く鳴らして宿の者に到着を告げると車を降り、石上の横のドアを外から引いて開けた。

「どうぞ。お荷物はわたくしが帳場へお運びしておきます」

「ちょ、ちょっと待て」

石上は右手をあげて運転手を制し、課長補佐の方へ向き直った。

「この宿屋、手洗いはどうなっているの」

「汲取《くみとり》式でございます」

課長補佐は胸をそらせた。

「なにしろ明治三十五年に建った旅館でございますから、水洗便所などというあやしい代物《しろもの》はどの部屋にも付いておりません。ごらんなさいまし。総体《そうたい》、杉の心材《しんざい》で普請されております。杉の木を輪切りにいたしますと外側から芯《しん》にかけてすこしずつ色濃くなって行き、心部は赤いのでございますがね、この赤い部分だけを材木にしたものが心材で、堅くて丈夫、最良の建材なんでございますね、三、四十年はなんとなく赤っぽくて見場がよくはございません、そうですね、建ててしばらく、五十年、六十年と経つうちに赤味に黒艶《くろつや》が加わってまいりまして、もうなんともいわれぬ色合いになります。とくに家の中は、囲炉裏《いろり》の煙にいぶされて黒檀《こくたん》のようになりますが、百聞は一見に如《し》かずとやら、まあ、今夜にでもじっくりとごらんになってくださいまし」

「シャワーはあるの」

「その手の舶来式の設備は一切ございません」

「それは弱った。温泉につかるのはいいが、あとで身体がべとついていかん。とくに髪の毛、これはもうかゆくてかゆくて気が狂いそうになる。わたしはシャワーの設備のない温泉旅館には泊まらないことにしておる」

「し、しかし、石上先生、心材で建てた旅館は東北地方でもこの高屋さんだけでございまして……」

「心材などどうでもよろしい」

「でも風流なことはこの上なしでして。夜、灯を消して横になりますと、座敷の欄間にぶらさがっておりました蝙蝠《こうもり》がばたばたと飛び立ちます、ちゅうちゅうちゅうちゅうなどとねずみ啼《な》きをいたしましてな」

「いっそう泊まるのがいやになってきた。それに、水洗便所でないのも困る。汲取式はどうも気色が悪くてかなわん」

石上は運転手が開けてくれたドアをばたんと閉めた。

「ホテルへ連れて行ってくれ。ホテルならどこでもよい。成郷はスキー場で有名なところだ。スキー客相手のホテルがあるだろう?」

「たしかに成郷駅へ戻ればホテルはございます。がしかし、わたしどもは先生方のおためを思って、この高屋旅館に決めさせていただいたのでして……」

課長補佐はふたつに折って腕にかけていた上衣《うわぎ》の内ポケットから、新聞の切抜きを二葉、取り出した。

「どちらも、東北新報の文化欄に載った随筆でございます。まず、これが漫画家の立川先生のお書きになったもの。随筆の題は『山宿の刺身』。立川先生は、海辺の宿で刺身が出るのはいい、がしかし、山の中の宿で刺身が食膳にのぼるのはけしからん、と書いておいでになっています。海の宿では海の幸、山の宿では山の幸、これこそ旅人に対する最良のもてなしであろう……、これが立川先生の結びのお言葉で」

課長補佐はもう一枚の切抜きを石上の鼻先に掲げた。藤川は横目でその切抜きを見た。

『雨後のたけのこ、田舎のホテル』という妙に長ったらしい題名が大きな活字で組んであった。

「……これは申しあげるまでもなく石上先生の随筆でございます。内容は、ちかごろ地方都市に陸続とホテルが出来ているが、いずれも形だけを真似た粗製乱造のしろもの、浴室は身動きもかなわぬほど狭く、壁は紙よりも薄く隣室の話し声が手にとるように聞える。また従業員教育も徹底しておらず、バーテンダーはドライ・マーティニの作り方さえも知らぬ。いったいなぜホテルでなければならないのか。どうして旅館であってはならぬのか……」

「もういい」

石上はどしんと車の床を踏み鳴らした。

「自分の書いたことも忘れるほどの耄碌《もうろく》はまだしておらん」

「まことに失礼いたしました」

課長補佐は切抜きを丁寧にポケットへ戻しながら、

「つまり先生、わたくしどもは先生方のお好みを研究させていただいたわけでございます。そしてその結果、他所《よそ》にはふたつとない心材造りの日本風旅館にお泊まりいただき、山菜を満載した食膳で地酒をお飲みいただこうと決めたわけでございます」

「われわれ小説家が、いつも真実を書き、常に本心を吐露しているとは限らんのだよ」

「とにかくひと休みなさいまし」

課長補佐は右手を立てて、石上を拝んだ。

「わたしどもはこれから成郷へ引っ返し立川先生をここへ御案内してまいります。お三人でご相談なさって、やはりホテルがいいということになりましたら、そのように手配いたします。さ、ひとまず車をお降りくださいまし」

石上は低い声でなにかぶつくさ言いながら車を出た。藤川は、車をおりてもすぐには玄関に入らず、高屋の背後の山を眺めて深く息をした。高屋の背後には杉の林があった。その杉の林からすこしずつ目をあげて行くと、途中から杉が、楢《なら》やぶなやくぬぎなどの広葉樹と入れかわっている。杉の緑と広葉樹の紅葉、秋のこの温泉はずいぶんきれいだろう、と藤川は思った。さらに高く目をあげると、あとは薄墨色の雨雲、高塔山はなかなかその全容をあらわさぬ。

石上と藤川はまず玄関をあがってすぐの茶の間に案内された。囲炉裏端《ばた》に着物の女がひとりいて、二人が入って行くと、ばかに丁寧なお辞儀をした。顔をあげたところを見ると、これが顎《あご》の先の尖《とん》がった、細面の、かなりの美人だった。ただし、年はとっている。若造りにしているが四十を越してから三、四年は経っているだろう。

「こんな山奥へよくおいでくださいました。わたくし高屋の女主人でございます」

言葉に訛《なまり》はなかった。それどころかとても歯切れがいい。

「一度にお三人ものご高名な先生方をおむかえするなど、この高屋はじまって以来のことで……」

女主人は茶碗に注いだお茶をまた急須に戻している。たぶん玉露でも入れているのだろう。

「ご講演は六時半からでございましたね」

「そのようですな」

石上はすっかり機嫌を直している。おそらく女主人が気に入ったからか。

「この鬼哭から成郷までは車で三十分みれば充分でございます。六時ちょっと前にここをお出になれば間に合いますわ」

「杉の心材というやつはまことによろしい」

出されたお茶で口を湿めらせながら、石上は茶の間の高い天井を見上げた。

「じつに渋い色艶だ。シックですなあ。立派なものです」

「曽祖父《そうそふ》が建てたものでございます。わたしの手柄ではございません」

「となるとあなたの曽祖父は相当な財産家だったにちがいない」

「いいえ。かなりの道楽者だったそうですわ。ただ曽祖父の父親が……」

「……大金持だった」

「大金持というより、成郷の殿様でした」

藤川は仰天して茶に噎《む》せた。するとこの女は、隠田主を水漬けにして殺した、あの非道の領主の子孫であったのか。

「まってくださいよ」

石上は右の人さし指を額に当てて考え込んだ。

「成郷藩……、天保《てんぽう》二年、織田信勝羽前高畠藩より入封《にゅうほう》二万石。明治元年、信童丸一万八千石に減封。柳間詰《やなぎのまづめ》。この信童丸が、あなたの曽祖父のお父さん……そうでしょう」

「さすがは作家、おっしゃった通りですわ。織田信童丸は維新後、爵位を受けて男爵織田信芳になりました……」

「すると戦争前までは、織田家はこの成郷一帯の大地主だったわけですな」

「ええ、まあ、そんなところで」

なぜだか、女主人は曖昧《あいまい》な答え方をした。がこのとき、表で車のタイヤのきしむ音がした。

「おや、立川先生もお着きになったのでしょうか?」

女主人は細い首を鶴のように伸して表を窺った。

「立川先生ではないと思います」

藤川は茶うけの高菜漬を口に放《ほう》り込む。

「さっきの車が立川先生をここへお連れすることになっているんです。あと四、五十分はかかります」

「先生方、じつはたいへんなことになりました」

玄関にとび込んできたのは例の課長補佐である。

「この鬼哭温泉が陸の孤島になってしまったんですよ」

「陸の孤島だと」

石上は課長補佐を睨み据えた。

「どういう意味かね」

「橋が、あの鬼哭橋が流されてしまったんです」

課長補佐はくしゃくしゃになったハンカチでごしごしと何度も自分の頬をこすっていた。

事件の前兆

1

「陸の孤島などとすこし大袈裟《おおげさ》すぎるのではないのかね」

石上克二は観光課長補佐の岡田にたしなめるような口調で言った。

「成郷市へ引っ返す方法がなにかありそうなものじゃないか。陸の孤島などと大さわぎする暇があったらその方法を考えたまえ」

「ごもっともな仰せですが、しかし、この鬼哭温泉と成郷市とを繋《つな》ぐのは、あの鬼哭橋しかございませんのでして……」

岡田はハンカチを額に当てたままで喋《しゃべ》っている。汗がとまらないのだろう。

「陸路はないのかね」

「ございますが、なにしろ杣道《そまみち》ですから」

「それはもうとても細くて、しかも嶮《けわ》しい山道なのですよ」

丁寧でしっかりしたもの言いだが、高屋旅館の女主人の顔色も蒼《あお》い。鬼哭橋が流されたという報《しら》せにやはり女主人も驚いているようである。

「ですから車は入れませんわ」

「たとえ歩いてでも成郷市へ出なくてはならんのだ」

石上が怒鳴った。

「明日の夕刻には東京に戻っていたい。どうしても出席しなくてはならない会合があるからね。それに明後日《あさって》の朝までに新聞小説をすくなくとも一日分渡さなくては……。わたしはどうあっても成郷市へ出る」

立ちあがりかけた石上を女主人が、

「山を越えるのは無理ですわ」

と、引きとめた。

「もうご存知と思いますけれど、この鬼哭温泉は三方を鬼哭川にかこまれております」

女主人は火箸《ひばし》を持って、囲炉裏の灰の上に大きくひとつSの字を描いた。軀《からだ》つきも、そして顔も、また首も細っそりとしているのに、手だけはごつごつした感じである。指も太い。

（どうも妙だな）

と、藤川は思いながら女主人の手を見ていた。

（全体の上品な雰囲気を手が裏切っている）

　女主人はSの字の下のふくらみの左側に大きな三角を付けた。

「この三角が高塔山ですわね」

「北と東と南が鬼哭川、西が高塔山、四方が塞《ふさが》っている、だからどこにも出口はない。あなたはそう言いたいのでしょう。だが、杣道を通ってでも……」

「もちろん、高塔山を越して越せないことはありません。でも、その後がまたたいへん……」

「どうたいへんなのかね」

「杣道はさらに高くて嶮しい山へ続いているんですよ。つまり杣道のどんづまりは奥羽山脈、山形県との県境なんです」

「では山形県側におりて、汽車で成郷市に戻るまでだ」

「ここから山形県側の鉄道のある町までたっぷり五十キロはありますわ」

　女主人は細い首をゆっくりと横に振った。

「先生方の足では一日がかりですよ。いいえ、夜道の登り路《みち》ということを考えると、それ以上かかるかもしれませんわ」

「高屋のおくさんの仰《おっ》しゃる通りで……」

課長補佐の岡田が玄関の石床に跼《かが》み、框《かまち》に額をこすりつけるようにして、石上にお辞儀をしている。

「先生、どうかご勘弁のほどを……」

マイナスはなにもかも自分のせいにしてしまう癖がこの課長補佐にはあるようだ、と藤川は思った。これは「補佐」という役どころに特有の癖だろうか。上役の叱咤《しった》、下役の不平不満、そういったものの持つ勢いを頭を下げることで弱め、詫《わ》びることで吸い取り、そして無力にしてしまうこつを、この課長補佐はよく知っているようだった。もっと平ったくいえば下級官僚魂のようなものを、藤川はこの腰の低い課長補佐に見たのである。

「するとつまり水が引いて鬼哭川が渡れるようになるまでここで温泉につかっていろというのだね？」

「は、はいっ」

「この温泉に書店はあるのか」

「ございません。店は日用雑貨や食料品を商っている小さなよろず屋とそば屋とバーがそれぞれ一軒ずつあるだけでして」

「図書館はどうかね」

「小学校の分校に図書室がございます。たしか蔵書数がこの四月に百冊を越したはずで……」

「きみはわたしをからかっているのか」

石上の顳顬《こめかみ》に青筋が、稲妻のように走った。

「小学校の図書室のほこりだらけの棚の上に並ぶ表紙のとれかかった本とわたしとが釣り合っているとでも、きみはいいたいのか」

「そ、そんなつもりで申し上げたのではございません。がしかし、お気に触られたのならお許しくださいまし」

「映画館はどうですか」

藤川が取りなすつもりで訊《き》いた。

「ありますか」

「それもございません。小学校の分校の校庭で巡回映画会が開かれることが稀《まれ》にはございますが……」

「ヌード劇場は？」

「前はございました」

答えたのは高屋の女主人である。

「わたしどもで経営しておりました。客寄せのつもりだったのですけれども、その前にヌードの踊子さんたちが寄りつきませんので、すぐに閉めました。やはり踊子さんたちもあまりひどい山の中なので敬遠したらしいのです。ギャラをはずめば来てくれたのでしょうが、恥しいことにこの高屋にはその余裕がなかったんです」

「芸者などはどうです」

石上が女主人に茶のおかわりを所望した。

「おりませんわ」

女主人は石上の茶碗に急須を傾けた。

「マッサージ師もいないぐらいで、ほんとうに仕様のないところなんです、ここは……」

「要するになんにもないところなのだな」

「ええ」

女主人は石上の膝《ひざ》の前に茶碗を置いた。石上はその茶碗を取りながら、

「すると水が引くまでの間は、膝小僧を抱いてテレビでも見ていろと、つまりそういうわけだね。これは退屈の虫に取り殺されてしまいそうだ」

「じつはそのテレビもございませんの」

石上は茶に噎《む》せた。

「周囲《まわり》の町や村ではよく見えるのに、この鬼哭温泉ではテレビの絵が四つも五つも重なってしまうのですね。地形のせいなんですって。早ければ来年あたり、高塔山にテレビ塔が立つそうですけれど……」

「部屋へ案内してくれ」

石上は囲炉裏の縁《ふち》に茶碗を叩きつけるようにして置いた。

「布団かぶって寝ているほかにすることがなさそうだ。岡田くん……」

「は、はいっ」

「わたしはきみたちを恨むよ。よくもまあこんなところに宿をとってくれたね。ど、ど、じだよ、きみたちは。いつかかならずこの仕返しはするよ」

「……とおっしゃいますと」

「筆誅《ひっちゅう》を加えてやる」

石上は立った。女主人も立って石上の前へ先廻りをし、玄関の右手にある階段をのぼって行った。課長補佐は石上の旅行鞄《かばん》を両手で抱きかかえ、二人の後に蹤《つ》いて階上《うえ》に姿を消した。

（そうか、それでどうも気持が落ち着かなかったのだな）

藤川は広い茶の間のあちこちを見廻しながら何度も点頭した。

（あるべき柱が一本欠けている、あるべきところに窓がない、また、あるべきはずの壁がどこか抜けている――、おれはずうっとそんなことを感じていた。だが、欠けていたのは柱や窓や壁ではなかった。テレビの、あの冷めたく光っている、小さな四角の壁がここにはなかったのだ。落ち着かなかったのはそのせいにちがいない……）

すぐに課長補佐が階段をおりてきた。ぶるぶると慄《ふる》えている。

「どうしました。風邪でもひきましたか」

「灰皿が飛んできました」

課長補佐は、泣いているのか笑っているのかわからないような複雑な表情である。

「石上先生が、おまえのようなやつの顔は二度と見たくない、とおっしゃってわたしに灰皿を投げつけられたのです」

「気になさらない方がいい」

「しかし、気になります」

「文士なんてよくも悪くも例外なくみんな子どもなのですから、子どもが癇癪《かんしゃく》を起しているとお思いになればいい」

これは藤川の実感である。作家は〈ものを書き、その報酬で生活する〉わけで、このところではみんな善人だ、お人よしなのである。人が悪ければ、生活の糧を稼《かせ》ぐのに、だれがこんなまどろっこしい方途を選ぶだろうか。お人よしだから、それぞれだれもが子どもっぽいところを持っている。

藤川がN賞という大衆小説の新人賞をもらって間もなく、さる酒場で先輩の――といっても年齢は藤川とほぼ同じ――作家と隣り合せになったことがある。その先輩作家は藤川より数期前にA賞という純文学の新人賞を得ており、そこで藤川の方から、

「よろしく」

と、挨拶をした。すると彼はしばらくの間じっと藤川を見つめていたが、やがて小声でこう囁《ささや》いたのだ。

「A賞もN賞も賞品は時計だけれどもね、きみ、A賞の時計のほうがずっと上等で、値段が高いのだよ。なぜなら、A賞は純文学の賞だからなんだ」

これなどは子どもが自分のもらった玩具《おもちゃ》を自慢するときの言い方とよく似ているではないか。といって藤川自身あまり大きなことは言えない。なぜというにこの先輩作家の発言が気になって、翌日、藤川は賞の勧進元へこんな電話をしているからである。

「A賞の時計とN賞の時計の値段がちがうそうですが、これは純文学偏重ではないですか。大衆小説に対する不当な差別です。N賞の受賞者にもいい時計を贈るべきです」

勧進元の責任者は藤川に、

「それは根も葉もない噂です。どちらの賞も常に同一の賞品と賞金ですよ」

と答えてくれたが、これも駄賃が他の兄弟よりもすくないのではないかと母親に駄々をこねている甘えん坊とそっくりである。

またあるとき、藤川は先輩の人気作家とサイン会に出かけたことがあった。会場のまわりを女学生たちが遠巻きにしていた。著書を購入してサインを求めに来るほどの熱烈な読者ではない。作家というものがどんな顔をしているか、それをその女学生たちはたしかめにきただけなのである（ように藤川には思われた）。がしかし、その人気作家はそのうちに、とても不思議そうな顔で、そしてとても無邪気な声で、介添役としてついてきていた出版社の編集者にこう訊いたのだ。

「ねえ、彼女たちはどうしてぼくにサインを求めにこないのかしら」

自分のまわりに人が集まればそれはすべて自分のファンなのである、とこの人気作家は信じているわけで、これなども藤川にはとても子どもっぽいことであるような気がする。売れ出すと作家は銀座へ酒を飲みに出かけるようになるらしいが、藤川は銀座のクラブやバーは作家という名の子どもたちの幼稚園であると思っている。あそこではホステスたちはオードブルを小さなフォークに刺して、

「あーんして」

などと作家たちにすすめている。作家たちはべつに照れもせず大口を開く。作家たちが子どもであることはこの一事を以《も》ってしても明々白ではないか。あまりいける口ではなく、したがって銀座へたまにしか顔を出したことのない藤川は、ひがみ半分くやしさ半分で、そう考えているのだ。

「岡田さん、石上先生の機嫌を直す特効薬をお教えしましょうか」

「そ、それはたいへんありがたいのですが、しかし、特効薬などございますか」

「ないこともありませんよ。この鬼哭温泉には何人、人が住んでいますか」

「二十戸前後ですから七、八十人でしょうか」

「そのなかに石上先生の小説の読者はいませんか」

「さあてどうでしょう。石上先生はベストセラー作家でいらっしゃるから、先生の御本を持っている者が二人や三人はいると思いますがねえ」

「S出版社からは先生の全集が、K社からは選集が、それからB社からは作品集が出ていますが、出来たら先生の全集を揃《そろ》えることです」

「揃えてどういたしますので」

「サインをねだりなさい。もの書きの機嫌を直すには、この手がもっとも効果的です」

「藤川先生がそうおっしゃるのでしたら、きっと効き目があるのでしょう」

課長補佐は能率手帳を出し、鉛筆をごきごきと使って、「石上克二全集」と大きな文字で書き込んだ。

「ところで岡田さん、余計なことですが、橋が流れ落ちたことを、市へは報告なさったのですか」

「それはもう……」

課長補佐はうなずいて、

「この高屋旅館にかけ込む前に、よろず屋で電話を借りて報告はしておきました。あの橋からですと、ここよりもよろず屋のほうが近いのです」

「で、市はなんて言っていました」

「至急善後策を検討する。そしてそれが決まり次第、ここへ連絡する、そう申しておりました」

「車をお借りしてもいいですか。ほんの二十分か三十分でいいのですが……」

「そりゃもう、こういうことになってみれば車なんぞは無用の長物ですから、どうぞご自由に。……でも、どちらへ」

「鬼哭川へ行ってみようと思うんです。橋の流された現場をちょっと見ておきたい……」

「承知しました」

課長補佐は玄関へ降り、表の自動車に向って、

「山田くん！」

と、大声をあげた。

「藤川先生が鬼哭橋へ行ってみたい、とおっしゃっている。頼むよ」

運転手が傘をひろげながら運転席から出てきた。雨はまだかなり激しく降っている。

自動車の後部座席に納った藤川は、さっき鞄から出しておいたセブンスターの封を切り、一本咥《くわ》えてマッチを擦った。ドアに備え付けられた灰皿にマッチの燃えさしを突っ込みながら、ふと窓越しに高屋旅館を見て、藤川はおや、と思った。いつの間にか茶の間の囲炉裏の前に、女主人が戻ってきているのだ。そして課長補佐はその女主人に肩が触れ合うほども近づいて、なにごとかを熱心に話し合っていた。市の観光課長補佐と旅館の女主人、という間柄を超えた親密さが、二人の様子からは窺《うかが》われた。

（……といっても男と女の関係がある、というような親密さではない。いってみれば主従の間にあるような折目正しい親密さだ。たぶん、あの岡田の先祖は女主人の先祖のもとで小作人かなんかをしていたのかもしれない……）

そんなことをぼんやりと考えているうちに車が動き出した。

2

鬼哭橋《おになき》は、向う岸と繋っている袂《たもと》の部分を僅かに残して、きれいになくなっていた。向う岸の袂の部分も下流に向って無惨に捩《ね》じられている。例の二体の鬼の木像は、ひとつは胸から上が濁流のなかに没しており、もうひとつは、横倒しになって宙に浮いていた。

向う岸には消防車が二台、停まっていた。こちらの岸にも鬼哭温泉の男たちが数人出ている。

「これはもうどうにもならんて」

向う岸の消防団員は携帯用拡声器をこちらに向けて怒鳴っている。

「明日の朝、七時にまた出て来てみてくれんか」

雨はあいかわらずだが、風がすこし出てきていた。拡声器の声がその風に煽《あお》られて、妙に遠のいたり近づいたりしている。

「そのときの様子を見て、打つ手を考えようや」

こちらの岸の男のうちのひとり、いまどき珍しい蓑笠拵《みのがさごしら》えの男が、両手を高々とさしあげ、その両手で大きなまるい輪をつくった。むろんこれは「了解」という合図である。

向う岸の消防車は間もなく去った。こちら岸の男たちも、車の内部《なか》の藤川に軽く会釈して、温泉の方へ戻って行った。

川の水はもうほとんど黒色である。これは黄昏時《たそがれどき》が近づいているせいだろう。ときどき、大きな木の根が思いもかけぬ速さで濁流を滑り去って行く。流れにじっと眼を据えていると、自分が車ごと上流へ凄《すさま》じい速さでさかのぼって行くような錯覚に捉《とら》われ、そのたびに藤川は軽い目眩《めまい》を覚えた。

「ぼつぼつ戻りましょうか」

「はあ……」

運転手はうなずいて車を始動させた。

「ところで藤川先生、いま、消防団員がどんな方法で橋を架けようとしていたか、おわかりになりましたか」

「いや、わかりませんが……」

「まず向う岸からこちらへ銃で細い糸を打ち込むんです」

「ほう……」

「こちら側はその細い糸に丈夫な紐《ひも》を結びつけ、こんどは向う岸の連中に引っぱらせます。そして、向う岸では次により太目のロープをその紐に結びつけ、こちら側に引かせる……」

「なるほど。それを繰返しているうちにやがて向うとこっちとを太いロープが繋ぐというわけですね？」

「そうなんです。で、このロープに滑車のついた籠をぶら下げ、その籠にもロープをつけ、おたがいにそのロープを引いたりゆるめたりしながら籠を往復させるんですね」

「なるほどねえ」

「ところが水位がとても高い。いま、この方法をとれば往復の際、籠がもろに水をかぶってしまう。そこで、もうすこし水位が下るまで待とうということになったようです」

「しかし、あまり気持のいい渡り方じゃありませんね。ロープが切れたら大事《おおごと》だ」

「といっても手っ取り早いやり方としてはこれぐらいしか方法はありません。先生方は結局、明日か明後日、そうやって鬼哭川を渡られることになりそうですよ」

運転手はここでわざわざ首を捻《ひね》って後方の藤川を見、にやりと笑った。藤川はなんだかぞっとした。人間の首にしてはあまりにも自由に、らくらくと動きすぎる、というような気が藤川にしたからだった。いったい人間の首が、いまのように急に、しかも真後《まうしろ》に向って廻るものだろうか。

車を降りて高屋旅館に入って行くと、茶の間には十人ばかり男が集まっていた。みんなで額を寄せ合ってごにょごにょとなにか話し合っている。

「……ただいま」

と、声をかけながら靴を脱ぐと、一同は慌ててぴょこぴょこと顔をあげ、なぜだか揃《そろ》って横目使いをして藤川を見た。

「講演会は中止と決定いたしました」

男たちの中から課長補佐が立ち上った。

「市からそう連絡が入ったばかりのところです」

「そうですか。それは残念です」

「まったくで。先生方にはなんと言っておわびを申しあげてよいやら……」

課長補佐は語尾をむにゃむにゃと誤魔化して、階段に足をかける。

「お部屋へご案内いたしましょう。先生の荷物はもうお運びしてあります」

「それはどうも……」

藤川は杉の心材から切り出した板を踏んで二階に上った。が、このとき藤川の心臓はひとつ強くどきんと鳴った。階段の数が十三だったのである。普段なら「十三」という数字に出っ喰《くわ》してもどうということはない。がしかし、この陰鬱な温泉場のおどろおどろしい雰囲気の中では「十三」はなにか意味あり気に思われる。

階段を上ると目の前に幅一間の広い廊下があった。廊下の右側に十二畳の座敷が三部屋並んでいる。左側は窓だ。窓の外に黒い大きなトタン屋根が見えた。

「トタン屋根が浴場でございます」

課長補佐が窓の外へ顎《あご》をしゃくってみせた。そしてその顎をこんどは廊下の突き当りに向けて、

「廊下の奥にもうひとつ階段がございます。その階段をお降りになりますと浴場の入口でして。ところで、藤川先生のお部屋は一番奥になっております」

「石上先生は？」

「真ん中で……。わたしと運転手は一番手前の座敷で休ませていただきます」

真ん中の座敷を通り過ぎるとき、藤川は内部《なか》へちらっと目を飛ばせた。内部《なか》に石上はいないようである。

「先生、どこへ行かれたのだろう？」

「浴場です」

課長補佐は奥の座敷の前に立って、どうぞと左手を差しのべて誘いながら、藤川に軽く片目をつむってみせた。

「加代さんも一緒ですわ」

「加代さん？」

「ここの女主人のことです」

「ふうん」

藤川は感心して、座布団の上に腰を下ろすのを忘れている。

「石上先生も手が早い」

「なに、一緒と申しましても、加代さんはちゃんと着物はつけておりますので。石上先生のお背中を流して差し上げるだけですわ」

「でしょうねえ」

藤川は床の間を背にして坐った。廊下の反対側の窓は紙障子である。障子は通りに面している ようだ。

「加代さんは必死です」

課長補佐は押入れから浴衣《ゆかた》を出し、藤川の横へ置いた。

「石上先生になんとかしてよい印象を持ってお帰りいただきたい、そればかり念じ、そのために背中流しを志願なさったようなわけです。むろんわたしどもも加代さんに負けてはおられません。先生方歓迎の手はずをいま着々と進めておりますよ」

「それは楽しみだなあ。それでどんなことをしてくださろうというんです」

「いまは申し上げられませんね。まあ、開けてみてからのお楽しみで……。ところで、藤川先生もひと風呂いかがです?」

「いま浴場に入って行っちゃァ野暮というものですよ。他人の恋路の邪魔は禁物……」

「構うものですか。石上先生にはこれからいくつもいいことが待っているんですから」

課長補佐は藤川の浴衣を抱くようにして持ち、もう廊下に出てしまっている。

「さァ、どうぞ。わたしがご案内いたします」

仕方なしに立って藤川は課長補佐に蹤《つ》いて浴場への階段を降りた。こちらの階段も十三段である。降りたところが、六畳ほどの部屋になっていて、板戸とガラス戸が並んでいる。

「板戸はお開けになってはいけません、お勝手へつづいていますのでね。浴場はこの右のガラス戸で……」

課長補佐が階段をのぼって去った。藤川は竹製の乱れ籠に服を脱ぎ、手拭を前に垂らして、ゆっくりとガラス戸を横に引いた。

思っていたより広い。柔道の競技場ぐらいは充分にありそうだ。中央に相撲《すもう》の土俵ほどの湯槽《ゆぶね》がしつらえてあった。その湯槽の傍に、入口に背を向けて、石上が坐っていた。高屋の女主人が石上の背中へ丁寧に湯を掛けている。

「……お邪魔します」

藤川は石上の向い側にまわった。

「鬼哭橋へ出かけていたそうだね」

石上は上機嫌のようである。声が浮き浮きしている。

「……はあ」

「で、どうだった？」

「水位が異常に高くなっています。今のところ、どんな方法を使おうと、川は越えられませんね」

「橋は？」

「ほとんど流されてしまっていました」

「なるほど」

「困りましたね」

「なに、こうなったらじたばたしないことだ」

数十分前とはまるで別人のように落ち着いたもの言いである。

「のんびりとくつろごう」

「はあ。しかし、先生はたいへんでしょう。明日の夕方にはたしか東京でご会合が……」

「欠席することにした」

「それから新聞小説……」

「電話送稿という手がある」

「お粗末さまでございました」女主人が立ち上った。着物の裾をわずかに端折《はしょ》り、肩に桃色のしごきのたすきがけ。艶《なま》めかしくも甲斐甲斐《かいがい》しい。

「ではごゆっくりとどうぞ」

女主人は出て行った。ひとしきりトタン屋根を叩く雨の音が高くなる。

「ひさしぶりに小説家冥利《みょうり》を味わったよ」

石上が湯槽に下腹の突き出た身体を沈める。

「きみが出かけてしばらくしてから、この近くの者が、わたしの全集を二組も持ち込んできたのだ、サインが欲しいと言ってね……」

石上は両手でゆっくりと大きく湯を掻《か》いた。波が立った。波のひとつが藤川の口の中に入ってきた。塩辛い味がした。

「ありがたいことだねえ」

「はあ」

浴場のガラス窓の外は杉の林だった。その林が浴場に入る光を遮《さえぎ》っているので、内部《なか》はだいぶ薄暗い。天井を見上げると梁《はり》のあちこちに黒い手袋のようなものが四つ五つぶら下っている。

「……先生、蝙蝠のようですよ」

「ああ」

「薄気味の悪いところですね」

「なに、これこそ野趣というものだ」

石上が立って湯槽を出た。

「野趣愛すべき温泉郷だ」

尻の肉をたぷたぷとふるわせながら、石上は浴場を出た。藤川も釣られて立って湯槽の縁に腰を下ろす。それからしばらくぼんやりと窓の外を眺めていた。トタン屋根を叩く雨の音がすうっと間遠になった。気のせいかもしれないが、窓の外がわずかに明るくなったみたいである。

（……雨雲が薄くなったのだ。この分だと間もなく雨もあがるだろう）

藤川はなんとはなしに吻《ほっ》として、湯に浸した手拭で顔を洗いはじめた。だが、そのときだった。どこからともなくあの怖《おそろ》しい音が聞えてきたのは！

その音を文字に書き現わすのは難しい。が、強いてそれを文字にすれば、

〈ふえーっ！　ふえーっ！〉

とでもなるだろうか。前に藤川は殺人を主題にした怪奇アングラ映画を観たことがあるが、その映画の中で咽喉《のど》裂き魔ジャック・ザ・リッパーに咽喉笛を掻っ切られた娘が息を引き取る寸前にあげた悲鳴と、それはよく似ていた。いってみれば咽喉笛の鳴る音。しかも、それは地の底から、はじめはかすかに、そして次第に強く高く近づきながら聞えてくるのである。

藤川は冷水を浴びたようにぞっとなり、思わず湯槽から飛び出した。が、タイルに足を滑らせて転んだ。ばたばたばたと天井から蝙蝠が舞い降りてきた。蝙蝠は横になった藤川の肩や腰にぶつかりそうになってはひらりと反転し、天井に向ってまた舞い上る……。

ふえーっ！　という怖しい音と蝙蝠の乱舞に、藤川が悲鳴をあげそうになったとき、ガラス戸が開《あ》いた。入って来たのは、胸を左腕で、下腹部を右手の手拭で隠した女である。女はタイルの床の上に不様に寝た藤川から目を反らしながら、まっすぐに湯槽に入った。

藤川は手拭を己れの下腹部に乗せ、ゆっくりと上半身を起した。不思議なことに女が浴場に入ってきた途端に、音と蝙蝠の乱舞とはおさまってしまっている。

「……どうもよく滑るタイルですねえ」

藤川はぶつくさ言いながら湯槽の中に戻った。

「それになんです、いまの妙な悲鳴は……」

「悲鳴じゃないわよ、いまのは……」

湯槽から上る白い湯気の向うで女が言った。声がすこし嗄《しゃが》れている。

「温泉のお湯の吹き上げる音よ」

「……お湯の吹き上げる音？」

「そう。この鬼哭温泉は間欠泉《かんけつせん》なの。ここのは熱湯と蒸気が交互に吹き上げている。で、蒸気を吹き上げるときにふえーっ！　ふえーっ！　て鳴るわけ」

湯気がふっと切れて、女の顔が見えた。ここでまた藤川はどきっとなった。女は高屋の女主人とそっくりの顔をしていたのだ。

「高屋へ泊まっているお客さんはいつも同じ目つきをしてわたしを見るんだから、つくづくいやになってしまう。おや、これは高屋の奥さん！　とだれでもそういう目つき……」

「……す、すると、あなたは？」

「高屋の奥さんとは別人よ。もっとも血は同じだけどね。つまり、彼女はわたしの実の姉……」

そう言われてみれば、たしかにいくつかちがうところがある。まず、髪型がちがう。高屋の女主人は束ね髪であるが、この女はちりちりパーマだ。また、女は姉よりも鋭い目をしている。それは姉よりも目尻がきゅっと吊《つ》っているせいだろう。頬は姉よりも豊かだ。

「……どう、よく見れば別人でしょう」

「そ、そのようですね」

「あなたは小説家ね。ほら、藤本……じゃない。そう藤島！」

「いや、藤川です、藤川武臣」

「藤の字だけは当ったじゃない」

「ええ、まあね」

「でも、あなた、損をしたみたい」

「なぜです？」

「わたしの身体をもう見ちゃったからよ。後の楽しみがあなたにはなくなってしまった」

「……というと？」

「今夜、あなたたちの前でわたし踊ることになっているのよ」

女は立ち上った。乳房は小さい。が、乳頭は勢いよく天井を指していた。

「わたし、チェリー・テンプルっていうのよ。本名は織田小夜《さよ》……」

女はぶるるんと乳首を振って湯槽から上った。藤川も立ったが、くらくらっとなって思わず湯槽の縁を摑《つか》んだ。どうやら長湯でのぼせたらしかった。

事件の胎動

1

浴場を出て座敷へ戻るとビール瓶《びん》を両手で捧《ささ》げるようにして持った成郷市役所観光課長補佐の岡田が、藤川を待っていた。

「先生、湯上りの火照《ほて》った軀《からだ》を冷めたいビールでひやされてはいかがです？」

「それはどうも」

藤川はコップを持った。お膳の上にはキャベツと胡瓜《きゅうり》の塩揉《しおも》みが載っていた。山間《やまあい》の温泉宿には似つかわしい酒の肴《さかな》である。

「……岡田さん、この鬼哭温泉は混浴なんですね」

藤川はコップの中味を一気に飲み干し、キャベツと胡瓜の塩揉みを一箸摘《はしつま》んだ。こまかく刻んだ紫蘇《しそ》も入っていてなかなか佳《い》い味である。

「すると、藤川先生がご入浴中にだれか女性が……」

「ええ、それが入ってきたんです」

「ほうそれはそれは……」

にやっと笑って課長補佐は藤川の空《から》のコップをビールで満す。

「で、だれが入ってきました」

「この高屋旅館の女主人の妹さんで織田小夜という女性です」

藤川は膳の上にもうひとつコップが伏せてあるのに気づき、すこし慌ててビール瓶を摑《つか》んだ。

「や、気がつきませんで失礼しました。さ、岡田さんもどうぞ」

「これは恐れ入ります」

課長補佐は坐り直し、藤川におずおずとコップを出してきた。

「藤川先生にお酌をしていただけるとはまことに光栄なことで……」

「そうことごとにかしこまったり鯱鉾《しゃちほこ》張《ば》ったりするのはよしましょうや。おたがい山の中の温泉に取り残された仲、いってみれば被害者同士じゃないですか。これからは五分と五分でおつきあいをしましょうよ」

「はあ」

課長補佐はごくごくと音をたててビールを飲んだ。咽喉骨がその音に合わせて薄気味の悪いほどはっきりと上下した。

「ここの女主人の妹さんはヌードダンサーだそうですね」

「だれにお聞きになりました？」

「本人からですよ」

「やれまあ、尻も軽いが口も軽い女だ」

課長補佐は左の掌の上にキャベツと胡瓜の塩揉みを山のように取って、

「加代さんもあの女には苦労の連続……」

「と、いいますと」

「織田家といえばこのあたり切っての名家です」

「それはそうでしょうね。なにしろ元のご領主なのだから」

「その元の殿様の子孫が金を取って他人様《ひとさま》に己が恥し処《どころ》を見せて歩くわけで、姉の加代さんにとってこんな外聞の悪いことはない、いや外聞が悪いではすみません、加代さんにとってはまさに恥辱ですわ」

「なるほど」

「ところが、小夜さんの方は、顔を見せて金を取るスターがいて、身体《からだ》を見せて金を稼《かせ》ぐモデルがいる以上、臍《へそ》の下を見せて飯の種にありつくのがなぜ悪い、とこうですわ」

「それも理屈だなあ。わたしたち作家もヌードダンサーと似たようなものです。とくに私小説家などは自分や、自分の家庭の恥部を文字にして口に糊《のり》をしているわけですからね。なのに作家はもてはやされていまやちょいとした英雄扱い、なかには勲章を貰ったりする大家もある。ところが、恥を売っているということでは作家と同様なのにヌードダンサーは犬猫猿扱い。どっかおかしいな、と思うときがわたしにもあるんですよ。じつはわたしも自分の恥を書いて原稿料を稼ぐことが多くて……」

「とにかく加代さんは、妹のために家名に傷がつくのに耐えられなかったんですわ」

課長補佐はバリバリと塩揉みを噛《か》み、

「そこで、ヌード劇場を建て、妹にそこを委せることにした。これが四年前のことで……」

と、話を元に戻した。

「どうもわたしは加代さんの考えについて行けませんね」

藤川はせっかく元に戻ったはなしをまた傍道《わきみち》に追い込む。

「ヌードダンサーは家名の恥だが、ヌード劇場の経営者なら恥にはならぬ、というのは変です」

「はあ、変でしょうか」

「泥棒はいけないが、泥棒会社の社長なら立派というのと同じ理屈じゃないですか。加代さんがもし身内からヌードダンサーの出たことを恥じるなら、ヌード劇場の経営者の出ることをも恥じなければならない、わたしはそう思いますよ。加代さんの考えの基本にあるのは、兵隊はつまらぬが大将なら世間体がいい、平社員じゃみっともないが社長なら外聞がいいという権力志向と見栄ですね。さすがは殿様の末裔《まつえい》だ」

「どうも先生方のお話しの相手をするのは、正直いって、気骨が折れますなあ」

課長補佐はマッチの軸木を折って楊子《ようじ》にし、しきりに歯をほじくっている。

「話がどうもどっかに飛んじまいますな」

「あ、失礼。どうか先をお続けください」

「はあ、その、えーと、そうそう。加代さんは妹の小夜さんにヌード劇場を建ててやってその経営を委せたというところまでおはなしいたしましたな。……一年ほどは小夜さんも大人しくしておりました。鬼哭温泉のお客もそのヌード劇場のおかげで多少はふえたようで、そのまま行けば万々歳だったのですが、ところがそのうちに、小夜さん、また悪い癖を出しはじめた」

「なんです、小夜さんの悪い癖というのは？」

「尻軽癖で……」

「尻軽癖？」

「つまり男好きなんですよ。ヌードの踊子のヒモを横からかっさらう、客に誘われれば劇場を放《ほう》り出してどっかへ遊びに行っちまう。とても劇場など委しておけるような女ではないんですな」

「それで……？」

「加代さんが思案投首《なげくび》しているところへ、この鬼哭温泉でよろず屋をやっている畑中太一という男が小夜さんを後妻にもらいたいと言ってきました。加代さんは三日がかりで小夜さんを口説きました。あんたももう三十三、いつまでも若いわけではない、畑中太一さんなら実直な働き者、おまけに先妻との間には子どももなし、これは初婚と同じようなもの、あんたにも香《かんば》しくない前歴があるんだし、どうかしら、このへんで落ち着く決心をしたら――とまあこんなことを言ってきかせたわけですね。小夜さんもどうやら納得して、よろず屋の後妻に入りました。これがちょうど二年前のことで……」

「彼女、どうでした？」

「あいかわらず男出入りばかりで」

「じゃあ旦那の、その畑中というよろず屋さんがかんかんでしょう？」

「畑中は幼いときから小夜さんに憧《あこが》れていた。しかも、畑中家は代々、織田家の小作人です。つまり、畑中にとって小夜さんは殿様のお姫様で、かつ旦那のお嬢様、惚《ほ》れた弱味と先祖代々からの主従意識で、なにひとつ文句はいえないのですな」

「その畑中さんには、この世は地獄ですねえ」

「でしょうなあ」

他人事ではない、というように、課長補佐は深々と溜息《ためいき》をひとつついた。

「今夜も畑中太一にとっては地獄の一夜になりそうだ」

「というと」

「小夜さんはちょっと様子のいい客や有名人がやってくるとすぐ踊りたがる、自分の裸を見せたがる。今夜も石上、藤川両先生歓迎ヌード大会の開催を自分の方から申し出てきました」

「そのことはさっき浴場で、小夜さんの口から直接《じか》に伺いましたよ。ご亭主の畑中さんには悪いが、こっちにとっては思いもかけない眼福で、まことにありがたい……」

「もっとありがたいことが起るはずですわ」

課長補佐はここでにいッと煙草の脂《やに》で褐色に汚れた前歯を剥《む》いた。

「彼女、踊ったあとで異様に興奮する癖があるんですなあ。そして、石上先生か、あなた、藤川先生を口説きにかかる……」

「そ、そうですか？」

「はあ。畑中太一にとって今夜は地獄の一夜になるだろう、と言ったのは、つまりそういう意味でしてね」

ぺたん、ぺたん、ぺたん——。

屋根を叩く雨の音はかなり静かになっているが、その雨の音にかわって階下から、たとえていえば、女の臀部《でんぶ》の肉を掌で敲《う》つような音が聞えてくる。

「餅を搗《つ》いているんですわな」

課長補佐が手の甲で口のまわりに付着したビールの泡を拭きながら立ち上った。

「今夜は両先生をもてなすために餅振舞いで」

「餅振舞い？」

「味噌餅や納豆餅からはじまって雑煮餅まで、いろんな調理法でうまい具合に按配《あんばい》した餅をつぎつぎに供して、お客様をおなぐさめ申し上げるわけです。この地方ではこの餅振舞いが最高のご馳走なんですわ。では会場へぼつぼつおはこびを……」

会場は高屋旅館の隣りの木造平屋の建物の中に設置されていた。入口に『鬼哭温泉ミュージック・ホール』と書かれた看板が斜めにずり落ちかけて架っていた。これが二年前まで織田小夜が経営していたという例の劇場か。

内部《なか》は二十畳ほどの畳の間、正面にステージがある。ヌード劇場廃業以後は、どうやら高屋旅館の宴会場として使われているらしい。ヌード劇場にはつきもののエプロン・ステージが取り払われていることからも、それは窺《うかが》われる。

「よう、藤川くん、ここへきたまえ」

ステージを取りかこむようにして半円形に箱膳が十ばかり並べてあり、その中央に浴衣を着た石上が坐っていた。

「わたしの横へ来なさい。ここは舞台の真正面、特等席だよ、きみ」

言われた通り、藤川は石上の左隣りに坐った。

「それでは只今より、石上克二、藤川武臣両先生を歓迎いたしまして、餅振舞いの会を開催いたしたいと思います」

石上の右隣りのチョビ髭《ひげ》の老人が甲高い声を張りあげた。

「ご存知のように鬼哭橋が流失いたしまして、両先生にはたいへんなご迷惑をおかけいたしまして……、なんともはや……」

老人の声は上ずっていて、ときどき嗄《しゃが》れて途切れた。

「鬼哭川が渡れるようになるまで、一日かかるか二日かかるか、それはわかりませんが、とにかくその間《かん》、両先生を退屈させてはなりません。川を渡れるときがきて、両先生がこの温泉に別れをお告げになられる際、ああ、よかった、鬼哭の里はたのしかった、おもしろかった、とおっしゃっていただけますように、わたしども里の者は、一所懸命につとめなければなりますまい。両先生におかれましても、わたしどものその拙《つたな》い努力をなにとぞおみとめくださいまして、お帰りになりましてからはなにとぞ、そのう、なんでございますなあ、鬼哭の里を悪くお書きくださいませんように、はなはだ押しつけがましく勝手でございますが、心からお願い申しあげます。や、これは不調法なこと、申しおくれましたがわたしはこの里で内科医院を開業しております高梨《たかなし》で……。医師のほかに民生委員、成郷市立図書館の鬼哭分館長も兼ねております」

「肩書も多いが誤診も多い……」

藤川の左隣りであぐらをかき、目をつむって貧乏ゆすりをしていた中年男がぼそっと呟《つぶや》いた。

「……やつの誤診でこれまで何人、死ななくてもいい病人があの世へ旅立ったか、知れやしないのだ」

ぶくぶくと肥って馬鈴薯《ばれいしょ》のような身体つきをしている。顔はアンパンのように脹《ふく》らんでいた。不精髭が生えていて、いってみれば黴《かび》の生えたアンパンといったところである。

「小学校分校で教師をしております島原でございます」

高梨医師の右隣りに坐っていた痩《や》せた男が石上と藤川に向って頭をさげた。

「わたし、両先生の歓迎委員長を仰せつかっておりますが、明日は先生方に、この鬼哭の里に江戸時代より伝えられております鬼舞いを見ていただきたいと考えております。この鬼舞いは岩手県花巻《はなまき》市の鬼劔《おにけん》舞《ば》いと並び称される日本二大鬼舞いのうちのひとつでございまして、降る雨をものともせず有志たちは只今、分校に集まって稽古に励んでおります。この里の鬼舞いが両先生のお仕事の上に、なにか参考にでもなりますならば、これはもうたいへんに嬉しいことでございます」

「……鬼舞いを作家が自作の小説のなかにとりこむ。もの好きな読者がそれを実際に見たいとこの里へやってくる。そうすれば高屋旅館の客がふえる」

藤川の左隣りの人物がまたぶつぶつ呟いていた。

「やつも高屋旅館の加代さんに忠義をつくす組のうちの一人。たぶん加代さんに惚《ほ》れているのだろう。ばかめ」

それからも鬼哭の里の有志の挨拶が続いた。そのたびに藤川の左隣りの人物は小声で悪口のオブリガートをつけるのを忘れなかった。

藤川は、

（よろず屋の畑中太一も来ているにちがいない）

と、思い込んでいたので、新しく挨拶がはじまるたびに、

（こんどこそ小夜のご亭主かしらん）

と、耳を欹《そばだ》てた。が、畑中太一と名乗るのはいなかった。

「……いつまでも挨拶挨拶では両先生がご迷惑ですよ」

加代が餅を盛った小皿をいくつも盆に載せて入ってきた。別におばさんがひとり、やはり盆を捧げ持って加代のあとに蹤《つ》いてきている。

「乾杯をなさってくださいな。お餅の用意は出来ておりましてよ」

「それでは駐在さん、乾杯の音頭を……」

高梨医師が藤川の方を見ながら、石上のコップにビールを注いだ。

「では……」

藤川の左隣りの人物が坐り直した。

（……この口の悪い男が駐在だったのか）

驚いていると、黴の生えたアンパンは藤川と自分のコップに乱暴にビールをぶちまけ、

「わたくし、駐在の花村であります」

と、コップを摑んだ。

「ご指名によりまして乾杯の音頭をとらせていただきます。ええ、両先生におかせられては、このたびはとんだことで……乾杯」

なんだか葬式の挨拶のようだった。みんなは戸惑って顔を見合せている。だが、当の花村巡査は一向に応えた様子もなく、ひと飲みでコップを空《から》にし、ショートピースの箱ほどの大きさの餅が二切れのっていた皿を、ぺろっ、ぺろっと二口で空にした。おそるべき健《けん》啖家《たんか》のようである。

2

はじめに出たのが味噌餅だった。胡麻《ごま》油と砂糖をふんだんに入れた油味噌で、搗きたての餅がよごしてあった。味噌餅の次が納豆餅、これはべつに珍しくはないが、三番手のうぐい餅というのが変っていた。これは、加代の説明を借りれば、

「春、鬼哭川でうぐいが獲れますけれど、これを囲炉裏棚にさげて燻製《くんせい》にし、身をほぐして甘露煮にします。そして、餅をその甘露煮でよごしていただきます。うぐいはこのあたりではご祝儀に欠かせないというぐらいおめでたい魚。そのうぐいでお餅をいただくわけですから、きっといいことがありましてよ」

というような餅。四番手はそねみ餅、これまた加代の注釈では、

「胡麻と胡桃《くるみ》でよごしてあるんです。あんまりおいしいので、これを作りますと隣近所からそねまれます。ですからそれで……」

そねみ餅なのだそうである。五番手は大根おろし餅、そしてしめくくりに雑煮が出た。

石上も藤川もそねみ餅あたりで降参し、申し合せたように両手を後《うしろ》について腹を前に突き出し、天井を向いてふうふういっていると、

「先生方は餅を嚙みなさるからいけない。餅を嚙んで喰うのは、南京豆《ナンキンまめ》を嚙まずに嚥《の》むのと同じく愚挙ですぞ」

と、花村が手本を示してくれた。花村の喰い方はこうである。まず、皿を咥えて、皿と口中とを同一の平面にする。

「皿の上の餅をいちいち箸で取って喰うという意識を捨てるためにこうするんですね。俎《まな》板《いた》の右にあるものをただ左へ移す、つまり喰うのではない、皿の上から口の中、口の中から胃の中へ移すだけなのだ、という意識を持つわけでな……」

次に箸でかき寄せた餅を軽く前歯で嚙む。

「これにはべつに意味はないですな。まあ、ご挨拶といったところで……」

で、あとは空気を吸い込むように餅を吸い込む。

「どうです、べつに難しいことはないでしょうが。要するに、自分の胃袋を荷物の一時預

り所と思えばよろしい。この餅が自分の血になり肉になると考えるから、十や十五で音をあげてしまう。己れと関係のない荷物と思えば五十はおろか百個でも平気でね」

説明しながらも花村は、葉の露を吸う青蛙《あおがえる》のように餅を平げて行った。

「ところで、先生方……」

雑煮の汁をぞうぞうと音を立てて吸っていた花村が、珍しく箸をとめて石上と藤川を見据えた。

「この餅振舞いのいわれを、だれかからもうお聞きになったかな」

「いや、知らんが……」

石上はビールをちょいと舐《な》めて、

「なにか、特別のいわれでも……？」

「あるんですな、それが……」

花村はビールを口に含んでぶくぶく嗽《うがい》をした。

「いまでこそ餅振舞いはご祝儀の代名詞のようなものだが、江戸時代はそうじゃなかった。それどころか、餅振舞いのたびに百姓がひとりずつ死んだらしい。……たとえば百姓一揆《いっき》が起りますな。役人どもがそれを鎮圧して主謀者を牢《ろう》に叩き込み、七日も八日も飯を喰わせない。やがて、百姓どもは領主の前に引き出される。百姓どもはさァきびしい詮議《せんぎ》がはじまるぞと軀を固くする。ところが、領主はにこにこ笑いながらこんなことをいう。『おまえたちが汗水たらして収穫した米を、おまえたちに返してやらずばなるまいのう。さァ、餅を振舞ってやる。おまえたちの穫った米で搗いた餅だ、存分に喰うがよい。餅を喰い終えたら家に帰ってよいぞ』……」

「百姓たちはどうします？」

「野暮なおたずねだねえ、藤川先生。みんなよろこんで餅を喰いますよ。で、腹いっぱい餅を喰ったあとは処刑……」

「処刑？」

「そうです。もっとも多く餅を喰った百姓が逆さに吊られて鬼哭川に水漬けになる。胃袋は餅で重くなっている。逆さに吊られると胃袋が肺や心臓を圧迫する。これはずいぶんと苦しいらしいですわ」

「餅を喰わなければよいではないか」

「石上先生、先生はおなかを空かせたことがないようですな。空ッ腹のところへそねみ餅なぞ出されてごらんなさい。もう命なぞどうなったっていいと思ってしまう……。そういうわけでな、代官所で餅を搗く杵《きね》の音が聞えてくるとみんなでこう噂《うわさ》したという。『ああ、また百姓がひとり死ぬ……』とね」

「つまらない昔話はおよしなさい」

いつの間にか加代が藤川たちの前に坐っていた。

「座の雰囲気が陰気になってしまうじゃありませんか」

「……こりゃいかん」

花村は頭を掻《か》いた。

「領主の子孫の前で余計なことを言ってしまったわ」

加代はしばらく花村を睨《にら》みつけていたが、やがてがちゃがちゃと大きな音をさせて小皿を集め、それを盆に載せて外へ出て行った。

しばらくの間、一座はしんと鎮まりかえる。

「……駐在さん」

石上が言った。

「加代さんを怒らせてもらっては困るなあ。わたしは床に入る前にもう一度、彼女に背中を流してもらおうと思っていたのだ。ついでにそのときに彼女を口説こうとも考えておった。だが、あの権幕じゃァとても無理だ。どうしてくれるんです?」

石上は冗談で言ったつもりだが、だれも笑わなかった。一座はますます白けるばかりだ。

「姉よりわたしを口説いちゃどう?」

突然、ステージの下手の袖からすこし嗄れたような小夜の声があがった。あっとなって一同は小夜の声のしたあたりへ一斉に目をやった。が、なにも見えぬ。というのはそのとき、場内の照明《あかり》がすとんと落ちたからである。どこかでお膳の上のコップが倒れた。突然の暗闇に目が馴《な》れず、そのためにだれかが粗相をしたらしい。

と、ステージの左右、そして天井に桃色の光が走った。目を擦《こす》ってよく見ると、ステージを縁取って百数十個の桃色豆電球が並んでおり、それが点滅をくり返している。頭上に吊り下げられた拡声器から軽快な音楽が流れ出し、やがてその音楽に乗って、ちょっと鼻にかかったような男声が、

「エヴリバディ・ラブス・サンバディ・サムタイム……」

と、歌い出した。

(……ディーン・マーチンの『誰かが誰かを愛してる』だ)

藤川は膝《ひざ》を乗り出した。

(小夜のストリップティーズが始まるらしいぞ)

ディーン・マーチンの歌い出しから四小節ほど遅れて、ラメ入りの黒のロングドレスを着た小夜が登場し、しばらくステージの上をあてがあるような、またあてがないような感じでぐるぐると歩きまわる。踊りの技術はお世辞にも上手とはいえない。二度三度、ロン

グドレスの裾を部厚いコルク底のサンダルで踏みつけ転びそうになったが、小夜はどうにか踏みとどまり、次の「まてど暮せど来ぬ人を……」で、ドレスを脱ぎにかかった。

石上はお膳を藤川の方へずらし、膝で畳を漕《こ》いでステージに接近した。藤川は文壇における年功序列を重んじて動かなかった。

音楽が小学唱歌の『冬景色』に変った。「狭霧《さぎり》消ゆる港江《みなとえ》の……」と少年少女合唱団が歌うのを聞きながら、藤川は、

(なぜ、ストリップの伴奏音楽に小学唱歌が出てくるのだろう)

と、訝《いぶか》しく思った。もっとも耳に馴れると小学唱歌の、幼く、懐しい感じが、小夜の腰振《グラインド》りによく適《あ》っていて、

(伴奏音楽の選曲もヌード・ダンサーにとって大事な仕事だというが、まさにその通りだ。さすがはプロ、音楽をよく知っているなあ)

と、考えを改めた。

小学唱歌のあとに『レット・イット・ビー』に『ルナ・ロッサ』と、舶来ものが二曲続いた。すでに小夜は素っ裸になっている。ときどき照明が変り、そのたびに小夜の、小さいが形のよい乳房が真ッ赤に燃えたり、青い光のなかにくすんで見えたりした。チリチリのパーマ頭もそれに合わせて赤から青へと色変りする。鬼哭の里の有力者たちはまるで能

を観賞しているところだとでもいうように身体を硬《こわ》ばらせていた。やはりこれは「御領主様の姫君の御裸体」という意識が心のどこかにあるせいか。

『ルナ・ロッサ』が北島三郎の『なごやの女《ひと》』になった。小夜はステージにコルク底のサンダルを脱ぎ、石上のすぐ前に降りた。

「……加代さんのことを姉といっていたようだが、姉妹なの？」

石上が小夜の下腹部を目で追いながら訊《き》いた。

「そうよ」

小夜は石上の前を右に左にと行きつ戻りつしている。

「生まれたときが織田小夜……」

「いい名だ」

「現役時代の芸名はチェリー・テンプル」

「ほ、ほう」

「いまは畑中小夜」

「亭主持ちか。そりゃがっかりだ」

「どうして？」

「口説いちゃご亭主に悪い」

「わたしは構わないわよ」

「じゃァ、あとでわたしの部屋へ来るかね」

「……うーん」

「なには抜きでおはなししよう」

「ならいいわ」

「色紙でも書いてあげよう」

「ぜったいに行くわ」

「そのかわり……」

「やっぱりなにしようってんでしょ」

「い、いや、きみの身上ばなしが聞きたいね」

「小説の材料……？」

「あるいは、ね」

「じゃ、あとで……」

小夜は石上に投げキスをしてステージに戻った。

『なごやの女』が終ると、雨の音が戻ってきた。小夜のストリップティーズはそれでおしまいだった。

3

それから二十分ばかりしてから餅振舞いが終った。石上はさっさと部屋に戻って行った。小夜がいつ忍んできてもいいように備えているのだ。

「藤川先生には待ち人はなしですな」

二階へ引き揚げようとした藤川を課長補佐が囲炉裏の傍から呼びとめた。

「どうでしょう、将棋を一局……」

「下手ですよ」

藤川は囲炉裏端《ばた》に課長補佐と並んで坐った。

「三級ぐらいの腕前ですから……」

「ご謙遜《けんそん》を……」

課長補佐は部屋の隅から将棋盤を運んできた。

「雑誌に出ておりましたよ、あなたが二段になられたという記事が……」

「あれにはちょっと理由がありましてね」

藤川は駒を並べながら、

「親しい編集者がプロ棋士のお嬢さんと結婚することになったんですが、仲人を引き受けてくれるなら二段の段位を差しあげるといわれて……」

「へえー」

「つまり、そういう二段です」

「しかし、二段は二段です。わたしは田舎《いなか》初段ですから、当然、先手はこっち……」

課長補佐は飛先の歩を突いてきた。藤川はすぐに角道を開ける。課長補佐は飛先の歩をもうひとつ進め、藤川が角の横ッ腹へ金を寄せて応ずると、直ちに飛の脇に銀を上げた。

「……棒銀ですか」

「へえ、馬鹿のひとつ覚えで」

課長補佐はうまそうに茶を啜《すす》った。

(……棒銀はどう受けるのだったっけ)

藤川が思案していると、玄関から小夜が入ってきた。赤いタオル地のガウンを着ている。

「や、小夜さん、お姉さんがお呼びでしたよ」

課長補佐が言った。

「話したいことがあるから、調理場をのぞいてほしい、とこうおっしゃっていましたよ」

「またお説教か……」

小夜はぼやいて、それから藤川の横に踞《しゃが》んだ。

「鳶《とんび》に油揚げだったわね」

「な、なんのことです？」

「浴場でわたしを誘っちまえばよかったのに。ぐずぐずしているから石上先生にわたしをさらわれたじゃない。どう、改めてわたしを口説いてみない？　わたしだって若い先生の方がいいもの」

「それどころじゃないんですよ」

藤川は角を金の上に動かした。

「どうやって棒銀を防ぐかで手一杯なんだから……」

「ふん」

鼻で笑って小夜は調理場へ去った。

「賢明なご判断でしたな」

課長補佐は飛道に銀を上げた。

「小夜さんに咥《くわ》え込まれたらあとで大騒動で」

「しかし、ご亭主は大人しい男なんでしょう」

「亭主に脅かされる心配はないが、小夜さんに喰いつかれて大火傷《おおやけど》ですよ」

「ど、どういうことです？」

「これはわたしの勘ですが、彼女は鬼哭温泉を飛び出す機会を狙っている……。ねんごろになったとたん、東京へ連れて逃げて、とこういうことになりますな」

「それは困る」

「金もせびられます」

「女子大生より怕《こわ》いですね」

「まことに」

「石上先生にも気をつけるように言ってこようかしらん」

「そうですなあ」

課長補佐は腕組みをして、ちょっと考えてから、

「しかし、難しい問題ですよ、これは」

と、首を横に振った。

「なぜかなれば、石上先生はもう小夜さんと約束なさっておる。下手をすれば、他人《ひと》の恋路の邪魔をする奴《やつ》、と憎まれます」

「じゃよしましょう」

あっさりと諦《あきら》めて、藤川は盤上に視線を戻した。

「文壇の大御所に憎まれては、この先、仕事がしにくくなる」

がちゃん！

調理場から耳ざわりな金属音があがった。棚の上からコンクリ床に小鍋《こなべ》が落ちた——そんなような音だった。

「わたしがなにをしようとわたしの勝手じゃない！」

小夜が嗄れ声で怒鳴っている。

「いちいち干渉しないで」

「でも、太一さんがまた苦しみます。わたし太一さんの顔を見るのが辛くって……」

加代はべそをかいているようだった。

「だから小夜ちゃん、お願いだから……」

「うちのが蒼《あお》くなろうと赤くなろうと、姉さんの知ったことじゃないわ。とにかくわたしに口出ししないで。こっちはやりたいことをやる、自分の思うように生きる……」

「小夜ちゃん、待ってよ」

「手を離して！」

棚の上からまたなにか落ちたようだ。

「わたしどんなことがあっても石上先生のところへ顔を出す」

「い、いけません」

「うるさいわねえ」

こんどはいきなり平手打の音。藤川と課長補佐はもう将棋どころではなくなり、中腰になって聞き耳を立てていた。

ぎゃーっ！

悲鳴があがったが、小夜の声か、あるいは加代のものかは判然としない。

事件の発生

1

調理場からあがった突然の女の悲鳴に、囲炉裏端で、成郷市役所観光課長補佐の岡田と、へぼ将棋を指していた藤川はびっくりして中腰になった。岡田も同じように腰を浮かせている。

「……岡田さん、仲裁にかけつけた方がよくはありませんか」

藤川は将棋盤を横に退《ど》かした。

「あのまま、加代さんと小夜さんを放《ほう》っておくと、調理場の皿や鉢が一枚のこらず、木ッ端微塵《みじん》になってしまいますよ」

「しかし、藤川先生、加代さんと小夜さんは実の姉妹《きょうだい》ですわな。実の姉妹がまさか殺し合いをするわけもなし……」

岡田は浮かせていた腰をべたりと畳の上におろした。

「放っといても大事はありますまいて。それに悲鳴があがってから後《あと》は、物音ひとつしていませんよ」

「でも、心配です」

藤川は立ち上った。

「ちょいと様子を見てきますよ」

囲炉裏の周辺には畳が六、七枚敷いてある。畳が板の間になったところから奥が配膳場で、左右は漆《うるし》塗りの汁椀や箱膳を収納した棚になっており、中央に畳一枚ほどの大きさの配膳台が置いてある。この配膳場を突ッ切ると正面にガラス戸がある。ガラス戸の外は猫の額ほどの裏庭。そして、ガラス戸に向って左側が内風呂《うちぶろ》や便所に続く杉戸で、右側へ入って行くと、そこが調理場である。

藤川はガラス戸の傍に立って、調理場の方を覗《のぞ》き込むようにして見た。調理場の中央、調理台の真上に、皓々《こうこう》と輝く電球が一個ぶらさがっている。百燭光《ワット》はありそうな白熱電球である。調理台をはさんで、向う側に小夜、こちら側に加代が睨《にら》み合っていた。床の上には、縁《ふち》の欠けた茶碗やまっぷたつに割れた小皿が落ちていた。

「将棋に気合いが入らなくて困ります。ちょっと静かにしていただけませんか」

藤川は冗談めかして仲裁声をかけた。

「どうしても喧嘩《けんか》を続けたいとおっしゃるのでしたら、ここから見物させていただきます。美女対美人、プロレスの試合よりはおもしろそうだ」

藤川に背を向けたまま、加代ががっくりと肩をおろした。

「……とにかく、わたしは自分の思うように生きますからね」

ぴしゃりと言って小夜が加代の傍を通り抜け、藤川の方へ歩いてきた。

「余計なお節介は、もうよしてちょうだい」

赤色のタオル地のガウンの袖で、小夜は軽く左頬を叩いている。見ると、小夜の左頬を上から下へ赤い線が二筋走っている。

「引っ搔《か》かれちゃったのよ」

藤川の傍を通り抜けながら、誰にともなく小夜が呟《つぶや》いた。

「こんなひどい顔していちゃ石上先生のお部屋へ忍んで行くこともできやしないじゃない。ひとまず出直しだわ」

小夜は左頬をガウンの袖で抑え、赤い裾を大きく飜《ひるがえ》しながら、小雨の闇の中へ姿を消した。

「石上先生の誘い方はすこし強引すぎるんです」

藤川は調理場の電球の下で項垂《うなだ》れて小さくなっている加代を慰めるつもりで、ぼそぼそと言った。

「小夜さんも断わり切れなかったんですよ」

不意に加代は袂《たもと》を顔に押し当てた。左右の尖《とが》った肩先が小刻みに震えはじめた。袂の下からは低い嗚咽《おえつ》が洩れている。

藤川は足音を忍ばせて、囲炉裏の傍へ戻った。

「かわいそうに。加代さんは泣いていますよ」

藤川は、自分と岡田との間に将棋盤を置きなおした。

「考えてみると、加代さんと小夜さんとの姉妹喧嘩の原因は大小説家の石上先生の浮気心にあります。同業者としてまことに恥しいことです」

「気になさらんほうがよろしい。悪いのは小夜さんですからな。あの尻軽女が石上先生に妙に色っぽい目配せをした……。それがいまの姉妹喧嘩のそもそものはじまりですわ。石上先生は、あの女の目配せに引っかかっただけの話ですよ」

「……はあ。それにしても、加代さんは強いですね」

「強い……？」

「加代さんは一見おしとやか風、お姫様風。それに対して小夜さんはだれが見ても、お転婆というか、阿婆擦《あばず》れ風。取っ組み合いになれば小夜さんの楽勝、とだれでも思いますが、しかし、顔を引っ掻かれて『ぎゃーっ！』と悲鳴をあげたのは小夜さんですよ」

「加代さんが強いのは当り前ですよ。あれで元百姓ですからな」

「元百姓？」

「はい。この高屋旅館の女主人におさまったのは五年ほど前のことで、それ以前は、あの女《ひと》、この県の、農業改良普及員をなさっておった」

「ほほう……」

「あれでも、国立大学の農学部のご出身ですわな」

「ははァ、人は見かけによらないものですねえ。そういえば、加代さんの指は木の根ッ子のように節くれだっていました」

「さすがは藤川先生、作家ですな。観察が鋭い。よく見ておられます」

「いやまあそれほどでもありませんが、ところで、いまおっしゃっていた農業改良……」

「……普及員ですか？」

「そう、それ。どんな仕事をするんです？」

「まず身分は県の職員ですわな」

「それで仕事は？」

「県内の各地にある農業改良普及所に配置され、直接《じか》に農民と接しながら、新しい農業技術を普及させるんですわ。たしか、加代さんが大学を出られたのは、昭和二十八年だったと思いますが、その二十八年から四十五年まで、あの女《ひと》は、成郷の農業改良普及所で働いていなさったな」

「昔の領主の子孫、そして元の大地主のお嬢様である加代さんが、なぜ、国立大学の農学部などへ進学したのでしょうね。まあ、いってみれば共立女子大の英文科とか、跡見《あとみ》女子大の家政科とか、地方の大金持の娘たちが進むコースはたいてい相場が決まっているものですが……」

「加代さんは、この成郷一帯の田畑のことが気がかりだったんですわ。つまり罪ほろぼしのつもりだったんですわ」

「……罪ほろぼし?」

「自分の先祖の、代々の領主たちは、とくにこの鬼哭地域の百姓たちに対して苛斂誅求《かれんちゅうきゅう》をほしいままにしてきた。また、自分の曽祖父、祖父、そして父親たちは、地主としてこのへんの小作人たちに辛く当ってきた。だから自分はその罪ほろぼしをしよう。つまり、別にいえばですな、今度こそ鬼哭地域の農民に仕合わせになってもらおう、というわけです。そのために、最新最良の農業技術を学ぼう。そして、その技術を鬼哭の農民にわかちあたえよう。……とまあ、こう考えられたのですわ」

「感心な女《ひと》ですねえ」

「はあ、頭がさがります」

「まるで、女《おんな》宮沢賢治だ」

「おっしゃる通りですわい」

「しかし、それなら、死ぬまで加代さんはその農業改良普及員を辞めないはずですがねえ。加代さんはどうして途中で、温泉旅館の女主人なぞに転職してしまったのです？」

「それは、この高屋旅館を経営してなさったお母さんが亡くなられたからですわ」

「いくら母親が死のうと、いったん立てた志をそう簡単に捨てて……、おっとその飛車は捨てておいていいんですか。角で取ってしまいますよ」

「ええ、どうぞ」

「では、角はいただき、と」

「そこでこっちは桂馬《けいま》で王手ですわ」

「……や？　わたしの王が詰んでいる」

「へっへ。どうやら、この一番、わたしが勝たせていただいたようで……」

「岡田さん、あなた、やっぱり強いですねえ」

「なになに、藤川先生の方が実力は一枚上手《うわて》ですわ。先生は加代さんのことで頭がいっぱいだったんでしょうが。加代さんのことをいろいろとわたしにたずねるのに忙しくて、将棋の方はお留守になったようで……」

「そうじゃありませんよ」

「いや、きっとそうだ。もう一番、いかがです?」

「ええ、ぜひ」

藤川と課長補佐がまた駒を並べはじめたとき、調理場から加代が出て来て囲炉裏端の、藤川の横に静かに坐った。

「さきほどはつまらないことでお耳を汚してしまい、ほんとうに申しわけございません」

加代は手をのばして、藤川と課長補佐との間に、小鉢を置いた。小鉢には水が張ってある。そして、その水に、皮を剝《む》いて縦に細く切った林檎《りんご》の実がいくつも浮いていた。藤川は軽く頭をさげて礼を言い、ひとつ摘んで口に入れた。小鉢に張った水は塩水だったようである。

その塩味が林檎の甘さを引き立てていた。それから、林檎にはかすかに石鹼《せっけん》の匂いがしみ込んでいた。

2

藤川が、高屋旅館の二階の奥の、自分の部屋に戻ったのは、午後十時半である。課長補佐と五番指して、一度も勝てなかったので、藤川はかなり気が立っていた。そこで、通りに面した窓の雨戸と障子戸をそっと開けて、顔を夜気に当てた。

雨はまだ根気よく降り続けている。がしかし、もうその日の午後ほどの勢いはなく、霧のような雨だった。窓の敷居に腰をおろし、柱を両手で巻いて躰《からだ》を支えておき、藤川は首をできるだけ外へ突き出してみた。通りに並ぶ人家からは灯影《ほかげ》ひとつ洩《も》れてはいない。ただ、しんと鎮まりかえっている。

「……いつまでも陰気によくも降るものだ」

呟いて藤川は窓の敷居からおり、障子戸と雨戸を閉めて、布団に横になった。浴場でさっとお湯をかぶり、女主人からビールを貰って寝ることも考えたが、なんとなく億劫《おっくう》である。

肘枕《ひじまくら》をして天井の隅を眺め、午後から生起した出来事をあれこれ考えるうちに、やがて気が落ち着き、それとともに瞼《まぶた》が重くなってきた。藤川は欠伸《あくび》をひとつして横向きになり、枕を担ぐようにして両手で抱え、一気に眠りの中へ落ちて行った。

……どれぐらい経ってからだろうか。藤川は〈ぎしぎし〉となにかが軋《きし》む音で目を覚した。藤川の部屋の外で廊下は壁に突き当っているが（ということは藤川の部屋が二階の一番奥にあるということでもあるのだが）、その突き当ったところから左下に向って、浴場に降りる階段がある。その階段の踏み板が鳴っているようだった。とんとんとんと普通に昇降すると、人は案外気にしないものだが、足音を殺そうとすると、いかにも曰《いわ》くがありそうな音になり、かえって人の注意を惹《ひ》いてしまう。藤川がその〈ぎしぎし〉に気付いたのも、それがひどく意味ありげな音だったせいだろう。

（浴場からだれかが二階へあがってくる！　だれだろう？）

藤川は腕時計をそっと掲げ、枕許《まくらもと》のスタンドのあかりに当てた。時計の短針と長針は「12」の上でぴったりと重なっている。

（今夜、この高屋旅館の二階に寝ているのは、この自分を除けば、隣部屋の石上克二先生に、そのまた隣部屋の課長補佐と運転手の三人だ。この三人のうちのだれかが、ひと風呂浴びて自室に戻るところか）

〈ぎしぎし〉は熄《や》んだ。だれかは階段を昇り終えたようである。

（いや、それはあり得ない。もし三人のうちのだれかなら、あんなふうに足音を忍ばせて階段を昇る必要はないではないか。すると……？）

と、隣りの石上克二の部屋の襖《ふすま》が敷居の上でかたかたと鳴る気配。続いて、

「……小夜です」

という殺した声。

藤川は腹這《はらば》いになり両肘を前方に突き、それを棹《さお》がわりにえいっと漕《こ》いだ。ずずーっと躯が前進し、目の前に、隣部屋とこっちとを隔てる襖が来た。二階に一列に並ぶ三つの部屋は、境を取り払えばひとつの大座敷として使えるようにそれぞれ襖で仕切られているのである。

境の襖と襖を抉《こ》じ明けて覗きのための隙間を作ったときに、その隙間から灯影が隣室に洩れるのをおそれて、藤川はスタンドを消した。

「……お、来てくれたか」

石上の囁《ささや》き声がした。

「よく来た。さあ、ここへおいで」

藤川は右の指先に渾身《こんしん》の力をこめ、同時に細心の注意を払って、右側の襖を横に引いた。ことん。小さな音と共に襖が五粍《ミリ》ほど開《あ》いた。

「……それがだめなの」

藤川のたてた〈ことん〉という音は、小夜の声と相殺《そうさい》され、小夜はむろんのこと、石上の耳にも達しなかったようである。藤川は心の中で胸を撫《な》でおろしながら、襖にそっと額を当てがい、五耗の隙間に右の目を合わせた。

「……だめ？　ふふふ、なにを言っとるのだ」

正面に床がのべてあり、その上に石上は、こっちに浴衣の背中を見せて、あぐらをかいていた。

「わざわざ忍んできていながら、だめだもなにもないだろうが」

小夜は廊下側の襖の前にきちんと正座していた。般若《はんにゃ》の柄の浴衣を着ている。

「つまりさ、だめではないからこそやって来たのだろう？」

「待ち呆《ぼう》けを喰わせちゃ悪いと思って、……それで断わりにきたんです」

「じらさないでおくれ」

石上が四つん這いになって小夜に近づいた。

「これ以上、じらされては心臓に悪い」

「先生、静かに」

小夜が右の人さし指を唇に当てた。

「藤川先生が目を覚すわ」

「藤川？　あいつは眠っておる。ついさっき、境の襖を抉じ明けて、ちゃんとたしかめておいた。そっちの部屋の岡田君や運転手君も同様さ」

石上はついに小夜の右横にぴったりとくっついて坐った。

「……さあ」

「あれから姉さんに意見されちゃった」

小夜は両手で浴衣の襟《えり》を搔き合わせ、石上の左手が胸に滑り込むのを防いでいる。

「歴《れっき》とした亭主がありながら、他《ほか》の男と妙な約束はするな、って」

「……ご亭主はあんたが家を抜け出したことを知っているのかね」

「ちっとも知らない。今夜、亭主に抱かれてやったの。だから、彼、いま疲労困憊《こんぱい》して高《たか》鼾《いびき》。それからここへは、わたし、浴場の窓から入ってきた。だから姉さんも気がついていない……」

「ご亭主に抱かれてきただと？」

石上はほんのすこし小夜から離れた。

「わたしと約束しておきながら、ひどいではないか！」

「しっ」

小夜の右の人さし指が石上の部厚い唇に封印をした。

「おねがい。静かにして」

「うむ。しかし……」

「亭主に抱かれてきたのが気に入らないみたいね。でも、睡眠薬がわりに必要だったのよ。でないと、彼、いつまでも眠らないんだもの。わかるでしょ」

「……ああ」

「とにかくわたしずいぶん考えちゃった。姉さんの言ってることには理があるし、先生を放《ほ》っとくわけには行かないし……。それで、先生にお目にかかって、お断りしようと思って……」

「年寄に親切にしておくれ」

石上の右手がすばやい動きで小夜の襟許深く滑り込んでいた。

「そうすればあんたは天国にひとつ功徳を積むことになるのだよ」

「あら、先生の嘘《うそ》つき」

小夜の右手は浴衣の上から石上の股間《こかん》のあたりを摑んでいた。

「とても威勢がいいじゃない。うちの人よりずっと若いみたい……」

「……小夜！」

石上は小夜を押し倒した。小夜は畳の上をくるりと一回転がって、起き上り、

「先生、たんま、」

「……た、たんま？」

「五分だけ待ってくれないかしら。ひと風呂、浴びてくるから」

「風呂なぞ後でもいいじゃないか」

「うちの人の匂いを洗い落してくるの」

「……じゃ、わたしも行こう」

「先生は色紙を書いていてよ」

「色紙？」

「わたしに下さる約束だったじゃない？」

「ああ、よし。色紙や硯《すずり》は用意してある。書いておこう」

「できるだけ早く戻ってくるわ」

小夜はそっと襖を開け、左右を窺《うかが》ってから廊下に出た。襖が外から閉った。

右の目が痛くなっていたので、藤川は小夜が石上の部屋を出て足音忍ばせ階段を降りて行ったのを汐《しお》に、左の目を襖の隙間に当てた。藤川の場合、左より右の目の方がよく利く。この左右の交替は、小夜が不在の間、右の目に休養を与えておき、彼女が浴場から戻ってきたら、再び活躍してもらおうという計算もあるのである。

石上が天井から下っている電灯の紐《ひも》を引いた。色紙の揮毫《きごう》に、スタンドの光量だけでは充分ではないと考えたのだろう。それから石上は、洋服簞笥《だんす》の横に立てかけておいた色紙を左手でとって、その上に、右手の筆を動かした。なにを書いたかは藤川からは見えぬ。が、石上が色紙を向うの座敷との境の襖に立てかけたので、

猿いよいよ高く登れば
いよいよその禿《は》げたる臀《しり》をあらわす

と、読める。

（……わかるようでわからない文句だな）

藤川が首を捻《ひね》っていると、石上はこんどは布団の下から黒革の札入《さつい》れを引っ張り出し、なかから一万円札を五枚抜いた。

（……ことを済ませたら小夜に握らせるつもりらしい。しかし、それにしても五万円とは大奮発だなあ）

藤川は感心した。

（こんなことは余計なお節介だが、三枚で御《おん》の字じゃないかしらん）

藤川のお節介が通じるはずはないのだが、石上はちょっと考えてから、一万円札を二枚、札入れに戻した。そして、三枚を重ねて四つに畳み、札入れと並べて布団の下に敷き、電灯の紐を引いた。

小夜の帰ってくる気配はまだない。石上は布団の上にあぐらをかき、ときおり、

「……うふ、うふふ」

と、低く含み笑いを洩している。

ふぇーっ！　ふぇーっ！

どこかで間欠泉の湯吹きの音がしている。左の目も痛みだした。藤川は襖の隙間から布団の上へ後退し、仰向けになって目をつむった。

ふぇーっ！　ふぇーっ！

湯吹きの音はゆっくりと高くなり、やがて遠のき、そして鎮まった。

小夜はまだ戻らない。隣りの石上がごそごそと部屋の中を歩き廻っているようだ。石上は小夜を待ちこがれているのだ。

と、そのうちに、隣室の襖の開く気配がし、すぐ階段のぎしぎしと軋《きし》む音が聞えてきた。

（……大先生が浴場へお出ましだ）

藤川は枕許を探って煙草を取った。

(待ち切れなくなったのだ)

ライターで煙草に火を点《つ》ける。

(ひょっとしたら大先生、小夜と浴場ではじめるつもりかもしれない)

煙を吐き出すとたんに欠伸が出た。

(……眠い。浴場まではつきあえないな)

藤川は煙草を灰皿に捨て、掛け布団を顎《あご》のところまで引っ張りあげようとしたが、途中で、その動作を停めた。どこかで嫋々《じょうじょう》と泣く若い女の声がしたような気がしたからである。

(……小夜が浴場で大先生に抱きすくめられて泣いているのだろうか)

はじめ藤川はそう考えた。が、まさか！　とすぐにその考えを撤回した。あの小夜が男に抱きすくめられて泣くようなおぼこ娘であるはずはない。

(す、するとあの声は何だ？)

藤川は上半身を起し、耳を澄ませた。その声は、間欠泉の湯吹きの音と同じように、ゆっくりと高くなり、近づいてくる。

(……あれは人間の声ではない、尺八の音だ！)

藤川は以前、虚無僧《こむそう》を主人公にした時代小説を書いたことがある。そのときは尺八のレコードを五枚ばかり買い込んで、毎日のように聞いていたものだが、現在《いま》、聞えてくる陰々滅々たる尺八の曲と同じものが、その五枚の中にあったような気がする。

（……三谷菅垣《さんやすががき》！）

藤川は記憶の中から曲名を探し当て、全身ぞっと総毛立った。

（三谷菅垣は弔いの曲……）

藤川は立ち上って電灯を点けた。石上の部屋のもうひとつ隣り、課長補佐と運転手の部屋の襖ががたがたと大きな音を立てながら開《あ》いた。

（そうだ！　ひとつ向うの部屋に課長補佐がいる。いっとき、彼の部屋に入れてもらおう……）

そう思いついて、藤川が襖に手をかけたとき、階下の浴場から、

「ぎゃーっ！」

という叫び声があがった。続いてどたんと人の倒れるような物音。尺八の音はこの物音と同時にぴたりと熄《や》んだ。

「……石上先生！　藤川先生！　どうなさいました?!」

廊下をこっちへ駆けてくるのは課長補佐のようである。藤川は思い切って襖を開けた。

「や、藤川先生……」

課長補佐が懐中電灯をこっちに向けて立っていた。

「石上先生のお部屋の襖が開けっ放しになっておりますぞ」

「それで石上先生の姿が見えませんがね」

課長補佐のうしろに立っているのは運転手である。二人とも浴衣姿だ。

「石上先生は浴場です」

藤川は目の前の階段を指さした。階段の下は真っ暗闇である。まるで鯨の口から胃袋の中を覗き込んでいるような感じだ。

「……尺八の音の聞え出す寸前に、石上先生はこの階段を浴場へ降りて行かれたのです。先生の足音を、わたしはこの耳ではっきりと聞いている。ですからたしかです」

「……いまの叫び声、どうも石上先生のような気がしますがね」

課長補佐が訊《き》いてきた。

「藤川先生はどうお思いになります？」

「わたしも同意見です」

「んじゃ、わたしが階下へ降りてってみましょう」

運転手が課長補佐の手から懐中電灯を引ったくるように取って、階下《した》へ向けた。

「あれ？　なんですかね、あれは？」

階段を二、三歩降りかけたところで、運転手が急に動かなくなった。

「……階下《した》の板の間に丸太のようなものが二本、転がっていますよ」

「丸太？」

と、課長補佐が運転手の肩越しに階下を覗き込んだ。

「するといまのどたんという音は丸太の倒れる音でしたか」

と、課長補佐の後から藤川もへっぴり腰を伸ばす。

「しかし、丸太が二本はおかしい。二本ならどたんどたんと音もふたつ起らなくちゃあ……」

「ま、ま、丸太じゃない！」

更に一段下へ降りた運転手はひどく吃《ども》った。

「こ、こ、転がっているのは人間だ。二本の丸太に見えるのは、ありゃ人間の足です」

3

階段を降りたところが六畳ほどの板の間になっていて、左に勝手へつづく板戸、右に浴場に出るガラス戸、と、戸が二枚並んでいるのだが、石上克二はこの六畳の脱衣場の中央で、頭をガラス戸に向けて、大の字にのびていた。ガラス戸といっても嵌《はま》っているのは曇りガラス、浴場の内部《なか》は見えない。

「……石上先生、倒れているといっても死んでいるわけじゃなさそうです」

懐中電灯の光の輪の中で、石上の太鼓腹が大きく上下動しているのを見て、運転手が言った。藤川は吻《ほっ》として思わず板の間に両膝をついた。

「……先生、石上先生、いったいどうなさったんです？ 酒にお酔いになったんですか？」

課長補佐が石上の両頬をペタペタと叩いた。

「それとも、脳卒中かなんかで……？」

だが、石上は鼾《いびき》の音をますます高くするばかりで、一向に目を見開かぬ。

「水でもぶっかけちゃいましょうか？」

運転手が藤川に訊いた。

「でないと、石上先生、当分、正気づきませんぜ」

「そうしましょう」

藤川はうなずいてみせた。

「水をかけ、はッとわれに返ったところでお湯に入っていただきましょう。それなら風邪を引く心配もない……」

「とにかく、灯《あか》りを点けますか」

課長補佐はガラス戸の右に並んでいる三個のスイッチを一度に押した。脱衣場の天井の電灯がぱっと明るく輝き出した。続いて、浴場の内部にも灯がともった。

「おや？」

浴場のガラス戸を右に引いていた運転手が首を傾《かし》げた。

「内部《なか》から鍵《かぎ》がしまってますぜ」

すると、石上先生は小夜に逃げられてしまったんだな、と藤川は考えた。小夜は「ひと風呂浴びてくるわね」と言い置いて石上の部屋を出、浴場に入って内部から鍵《かぎ》をしめ、窓から裏庭に出て、さっさと家へ帰ってしまったのだ……。だが、もしそうだとすると、石上は何に驚いて絶叫し、卒倒したのだろうか。

「じゃあ、勝手へ廻って水を持ってくるさ」

課長補佐が左側の板戸へ顎をしゃくった。

「すまんが、きみ、頼むよ」

「はあ」

運転手は板戸を左に引いた。

「こっちも開《あ》きませんね」

「それじゃあ、二階へ登って、茶の間へ出るという道順じゃどうだね？」

「世界一周ですな。いいでしょう」

運転手は階段を登って行った。

「……岡田さん」

藤川は課長補佐に言った。

「石上先生がなぜ浴場に下りてきたか、ご存知ですか」

「そりゃ、湯に入りたくなったからでしょう」

「それがちがうんです。小夜さんを追ってきたんですよ」

「ほう……」

「ちょうど十二時に、小夜さんが石上先生の部屋へ忍んできましてね、仲よくする話がうまくまとまって、ではその前に洗うべきところは洗いましょうというので、小夜さんが、まず浴場へ下りてきた……」

「どうしてそんなことを知ってらっしゃるんですかな」

「……襖の隙間から覗いていたんですよ」

「藤川先生、あなたもなかなかやりますなあ」

「反省はしてますが、まあそれはとにかく、その小夜さんがいつまで待っても戻ってこないんですよ。それで石上先生がここへ下りてきた。で、そのときです、あの尺八の音が聞えてきたのは……」

「わたしらはあの尺八の音で目を覚したんですがね、しかし、真夜中の尺八というのはいやなものですわなあ」

「だれでしょう、あれを吹いていたのは」

「さあてね」

課長補佐は顎《な》を撫でて、

「鬼哭温泉に尺八を吹く人間はおらんはずです。一向にわかりませんね」

「小夜さんは湯に漬かるうちに気が変り、浴場の内部から鍵をしめて、窓から戸外《そと》へ逃げ出したのだと思いますが、いったい、石上先生はなにに驚いて叫び声をあげたのでしょうね」

「わたしにはわかりませんな」

そこへ運転手が薬罐《やかん》をさげて戻ってきた。課長補佐は薬罐を受け取って、その口を石上の顔の上にかざし、

「しかし、石上先生が答えてくれますよ」

じゃあじゃあと水を浴びせかけた。

「……うわっ」

やがて石上が目を見開いた。

「石上先生……」

藤川は石上を抱き起した。

「ご気分はどうです？」

「……悪い」

石上はぶるぶると震えている。

「いまにも死ぬかと思うほど悪い」

「すぐお部屋へお連れいたしますが、いったい、ここでなにが起ったのですか」

「鬼だよ」

石上の歯ががちがち鳴った。

「わしは鬼を見たのだ」

「ま、まさか」

「いや、本当に鬼を見たのだ。……その、なんだ、或《あ》る用事があってわたしはここへ下りてきた。すると浴場の戸が内部《なか》からしまっておった。もっとも、そのガラス戸は右へ強く引くと、鍵がしまっていても一糎《センチ》ばかりは開《あ》く、隙間ができる。そこでわたしはその隙間から内部を覗こうと思い、しゃがみ込んだ。そのときだよ、あの尺八の音が聞えてきたのは……」

「それで？」

「ぞっとした。ところがそのとき、もっとぞっとするようなことが起った」

「はあ？」

「うしろに誰かがじっと立っている気配がしたのだよ。たしかに何者かがわたしのうしろに居るのだ。怖くて振り向くこともできない……。ところがやがて、その、うしろのだれかが低いが鋭い声で『わッ！』と言った。わしは思わず振り返って見た。うしろに立っていたのは鬼だった」

「……信じられないなあ」

「わたしは真実を語っておるのだ！」

石上はよろよろと立って、浴場のガラス戸に摑《つか》まると、右へがたんがたんと二度、強く引いた。

「ほ、ほら、見るがいい、一糎ばかり隙間が出来るだろ。わたしはこの隙間から内部《なか》を覗こうとして、こう、しゃがみ込んだのだ……」

石上はガラス戸の前に膝をつき、隙間に額を当てた。

「そのときだよ、うしろにある気配を……」

石上がふっと黙り込んだ。

「先生、どうしました」

藤川がしゃがみながらうしろから石上を支えようとした。

「……先生！」

「死んでる。湯槽《ゆぶね》の傍《そば》で誰かが死んでる」

石上は横倒しに仆《たお》れた。また失神したようだった。藤川は石上の言葉が気になって、石上はそのままに、隙間に右の目を当てがった。湯槽の湯が夕焼空のように真ッ赤になっていた。そして湯槽の縁《ふち》に、浴衣の女が仆《たお》れている。女の左手は湯槽に突っ込まれていた。

事件の被害者

1

「せ、せ、先生、ほんとうで……？」

成郷市役所観光課の課長補佐の岡田は、脱衣場の板の間から浴場の内部《なか》を覗《のぞ》いている藤川の肩を摑み、揺さぶった。

「……石上先生はたったいま、湯槽の傍《そば》でだれかが死んでいる、とおっしゃいましたが、それはほんとうでございますか？」

「……ほ、ほんとうのようです」

藤川は、柱と曇りガラス戸との間の、一糎《センチ》ほどの隙間に右の目を当てがったまま、うなずいてみせた。

「湯槽の、向う側の縁《ふち》に女が、たしかに仆れています」

藤川の声は、自分でもおかしくなるほど、慄《ふる》えている。

「女は浴衣を着ています。そして、女の左手は湯槽に落ちている。湯槽の湯の色は真ッ赤だ……」

「だ、だれです、その女は?」

「俯《うつぶ》せになって仆れているので、顔が見えない。ただ……」

女の浴衣の、般若《はんにゃ》の柄には見憶えがあった。さっき、石上克二の部屋へ忍んできていた小夜も般若の柄の浴衣を着ていたはずである。

「浴衣の柄から推すと小夜さんでしょうね、たぶん……」

「あ、あの尻軽が……?! わたしにも見せてください」

課長補佐が藤川を右へ押した。藤川はおとなしく場所を譲った。かなり長い間、それも血眼《ちまなこ》で覗きを続けていたせいで、藤川の右目はすっかり疲れていた。浴衣の袖で何度も涙を拭うのだが、涙は後から後からと、止どめようもなく流れてくる。

課長補佐は両脚を開いて踏んばりすこし腰を落し、柱と戸との隙間に目を当てた。運転手は四つん這《ば》いになって頭を低くし、その頭を課長補佐の両股《また》の間にこじ入れた。つまり、課長補佐は柱と曇りガラス戸との隙間の上方から、運転手は下方から、同時に浴場を覗き込む恰好になったわけだ。

藤川は板の間に伸びている石上克二を、脱衣場の隅に寄せた。石上は、背は低いが、でっぷりと肥っている。だから、それはちょっとした大仕事だった。

（……小夜がなかなか浴場から石上さんの部屋へ戻ってこないので、おれはてっきり、彼女が浴場の内部《なか》から鍵をしめ、窓から、あるいは、調理場の前の裏庭へ出る小さな潜《くぐ》り戸から戸外《そと》へ逃げ出したのだろうと、考えていた。だが、どうやらおれの読みは浅かったようだ……）

脱衣場の、浴場へ通じる曇りガラス戸に向って右手は、『貴重品はお帳場へお預けください。ご入浴中の盗難については、わたくしども、責任を負いかねます。高屋旅館主人敬白』などと記した紙の貼《は》ってある板壁だが、藤川はその板壁の際まで石上を運び終えて、浴衣の袖で額の汗を拭いた。石上はまだ昏々《こんこん》と眠ったままである。

（……小夜はやはり石上さんの部屋へ戻るつもりだった、彼女は今夜、石上さんと寝る気でいたのだ。その小夜がいま浴場に仆れている。もし小夜が死んでいるとすると、いや、もっとはっきり言って彼女が殺されたとすると、その犯人はだれか？　……答は明らかだ。それは小夜に石上と寝られては困る人間だろう……）

藤川は『畑中太一』という名前を思い出した。この鬼哭温泉のよろず屋の畑中太一……、彼は小夜の現在の夫である。小夜が他の男の腕の中に抱かれようとしていることを知ったら、夫として黙っていないだろう。「行くな」と止めるはずだ。だが小夜は夫を振り切って石上のところへ行こうとする。そこで口論、そして殺人……。

藤川はまた、数時間前、調理場の奥で、小夜が、この高屋旅館の女主人で同時に自分の実姉でもある加代と、激しい口争いをしていたことも頭の中の記憶箱から引き出していた。あのとき、加代は小夜に「石上先生の部屋へ忍んで行くなんてとんでもないこと。あなたは畑中太一という歴《れっき》とした夫がいる。そんなことになったら、あなたの姉として、わたしは太一さんに合わせる顔がない。ぜったいにいけません」と語気鋭く意見をしている。小夜は、だが、姉の忠告をきこうとはしなかった。それどころか「わたしは自分の好きなように生きる。姉さん、余計な口出しはしないでちょうだい」と抗弁し、思い余った加代に顔を引っ掻《か》かれていた。ひょっとしたら、あの口争いのつづきが、ついさっき、浴場の中であったのではあるまいか。すなわち、小夜が入湯しているところへ、たまたま加代も湯に漬かりに来て、

「小夜ちゃん、あなたやっぱり石上先生のところへ……？」

「ええ、忍んできたわよ」

「あれほど口を酸っぱくして言ったのに、まだわからないの。あなた、『織田』の家名にこれ以上泥を塗るつもり？　……それなら、わたしにも覚悟があります」

「へえ、どんな覚悟さ？」

「あなたに生きていてもらうわけには行きません……」

というようなやりとりの果てに、加代は小夜を殺す……。

どちらも大いにあり得ることである。だが、藤川には、小夜が浴場におりて行ってからしばらくして、なぜ『三谷菅垣《さんやすががき》』という尺八の曲が聞えてきたのか、それがわからなかった。『三谷菅垣』は弔いの曲だ。小夜の死に密接な関《かか》わりがあるだろうことは、ほとんど確実である。とすると殺人者は、尺八を実際に吹くにせよ、またはテープレコーダーで流すにせよ、事前になんらかの準備をしておかなければならない。〈事前の準備〉があった、となるとこれは明らかに計画殺人だが、じつはそこのところが藤川にはどうにも解せないのだ。なぜというに、畑中太一が小夜を殺したにせよ、また加代が犯人であるにせよ、それは突発的な殺人であったはずだからである。

べつにいえば、〈真夜中の浴場で欲情した小夜が肌を磨いている〉ことを知ってから、あるいは見てから、尺八や尺八の曲を用意するのは時間的に無理がある。尺八が「計画」のあったことを暗示しているのに、その他の情況は「突発」を指し示している。ここがなんとなく藤川の腑《ふ》に落ちない……。

がちゃん！

突然、ガラスの割れ落ちる音がした。見ると、課長補佐が、右手を拳《こぶし》にしてその上から浴衣の袖を巻きつけ、浴場への戸の、ガラスの一枚を叩き割っている。課長補佐は、次に、右手をガラスの割れた個所《とこ ろ》へ入れ、その戸の浴場側をなにやらがちゃがちゃいわせはじめた。

その日の午後おそく、藤川は一度だけ浴場に入っているが、そのとき、なんというつもりもなしにガラス戸の内側の錠を見ていた。それは幼稚な構造の錠だった。柱に鉄の鋲《びょう》が取り付けてあり、ガラス戸には長さ十糎足らずの鉄の棒がぶらさがっている。そして、鉄の棒の先端は直角に曲っており、錠を下ろしたいと思うものは、ガラス戸をしめたら、鉄の棒の先端を柱の鋲に引っ掛けておくのである。

(……この浴場は建前としては男女混浴だが、客の中にはそれを嫌う者もいて、そういう客のために内部《なか》から施錠する仕掛けになっているのだな)

と、そのとき、藤川は考えたものだが、それにしても小夜はなぜ錠をおろしたのだろうか。己が肉体を人目に晒《さら》すことを職業にしていた女が、また、藤川が入浴しているところへ手拭で軀《からだ》を隠すこともせず、むしろ揚々として入ってきた女が、なぜ、こんどに限って錠を下ろしたのだろうか。

「……どうもよくわからない」

と、藤川が呟《つぶや》いたとき、がらがらと課長補佐がガラス戸を右に押しあけた。

「お、お、岡田さん、どうしても内部《なか》へ入って行こうというんですか」

運転手は課長補佐の帯を摑《つか》んでいる。

「そ、その前に駐在の花村さんとこへ、まず届け出ておいた方がいいんじゃないんですか」

「だれが殺されているのか、それを確めてからだ」

課長補佐は藤川を振り返って看《み》た。

「藤川先生はどうお思いになりますんで？」

「錠が開く前ならとにかく、こうなったら、一応は内部《なか》を見ておきましょうか」

と、鹿爪《しかつめ》らしく言ったものの、藤川も内心はびくびくものだった。できることならあまり内部《なか》に長居はしたくない。

「で、でも、すぐに引き揚げて、現場をできるだけいじりまわさないように……」

「え、ええ」

こくんこくんこくんと課長補佐は何度もうなずいて、それから前方へ向き直り、そろそろと浴場のタイル床の上に右足をおろした。その課長補佐の帯に摑まって、運転手が続いた。藤川はなんとなく幼いときに歌った「運転手はぼくだ、車掌はきみだ、あとのみんなは電車のお客……」という童謡を思い出しながら、運転手の帯に同じように獅嚙《しが》みついて、浴場の内部《なか》へ足を踏み入れた。

浴場全体の広さは、前にも書いた通り、柔道の競技場ぐらいある。裏庭に面して高窓があるが、これには捩《ね》じ込み式の錠がついている。高窓の錠はしっかりと捩じ込まれているようだった。浴場の中央に相撲《すもう》の土俵ほどの湯槽があって、この湯槽をはさんで、出入口が二個所。ひとつは藤川たちが破ったガラス戸、もうひとつは、高さ一米《メートル》、幅四十糎ぐらいの、板の潜《くぐ》り戸である。潜り戸の錠も原始的な仕掛けで、横木を押して柱の穴に嵌《は》め込むというお馴染《なじみ》のやつ、たいていの雨戸に付いている例の方式である。潜り戸の横木は柱のある方向へ深く差し込まれていた。つまり完璧《かんぺき》に施錠されている。

(……す、すると小夜は密室の中で殺されたわけか！　さもなくば、自分で密室を作り、その中で自殺したのか……)

高窓や潜り戸の施錠の具合を確めたからといって、藤川を、大胆である、とか、落ち着いているとか言って、褒《ほ》めてはならないだろう。逆にそれは藤川が小心者であることを証明している。藤川にはタイル床の上に転がっている死体を見ながら前進する度胸がなかったのだ。

だがついに、藤川たちは真ん前へ到着した。もう〈怖いもの〉から目を逸《そ》らせているわけには行かない。藤川たちはおそるおそる視線を死体の上に落した。

死体は、湯槽の潜り戸側のタイル床の上に、高窓のある方へ足の裏を見せて、俯《うつぶ》せていた。般若の柄の浴衣の裾が大きくめくれ、太股《ふともも》が、天井からぶらさがっている百燭光《ワット》の白熱電灯の光をうけて、どきりとするような白さに輝いている。

視線を太股から腰、腰から背中へと這《は》い上らせて行くうちに、藤川はふと、

「……おや？」

と、訝《いぶか》しく思った。死体が小夜であるなら、頭髪にはちりちりのパーマがかかっていなければならないはずである。ところが、死体の頭髪は地味な束ね髪である。

（……こ、これは小夜ではない！）

藤川は思わずタイル床の上にしゃがみ込んだ。そのとき、死体の顔が見えた。それは小夜の姉、高屋旅館女主人の加代だった。浴衣の左襟《えり》が血で赤く染っている。みると、左の頸動脈《けいどうみゃく》のあたりに赤い穴がひとつあいていた。湯槽のなかに落している左の手首にも同じような穴があった。双方とも錐《きり》状のもので刺された傷のあとと思われる。

「ふ、ふ、藤川先生……」

しばらくしてから課長補佐が妙にひしゃげたような声をあげて、加代の右手を指さした。

「か、加代さんはなにか握っています。あ、あれはなんでしょう？」

藤川はこわごわ加代の右手に顔を近づけて行った。たしかに加代はなにか握りしめてい

た。長さ十二、三糎の、それは金色の硬い棒である。

「……万年筆だ！」

藤川はくらくらっと目眩《めまい》がした。加代の握りしめている万年筆に彼は見憶えがあったのだ。それは大作家石上克二の愛用するシェーファーにちがいなかった。

「……こ、これは何だろう？」

運転手がガラス戸の前で慄えている。彼は加代の死体の傍に立っていることができず、藤川と課長補佐が万年筆に目を注いでいる間に、ガラス戸のところまで後退していたのである。

「と、突然、叫び声をあげるんじゃないよ」

課長補佐は怯《おび》え声で運転手を怒鳴りつけた。

「おかげで肝《きも》を冷したじゃないか」

「で、でも、妙ですぜ。いったいこれはなんのお呪《まじな》いなんですかね」

「なにが、どうしたというのだね？」

「錠の鉄棒の先に糸が、釣糸が、結えつけてあるんですよ」

藤川と課長補佐は後退《あとずさ》りして、ガラス戸の傍へ戻った。運転手が言うように、ガラス戸の鉄棒の先に、一米二、三十糎の細い釣糸がさがっている。

（……ひょっとしたら、これは密室工作では？）

と、藤川は閃《ひらめ》いて、ガラス戸の上方を見上げた。ガラス戸の上方は『湯』という字を切り抜いた欄間になっている。

（思った通りだ。欄間の、一番左端下方の切り抜きまで、鉄棒からは一米二、三十糎……）

藤川は頭の中ですばやく推理を展開して行った。

（……犯人は長さ三米ぐらいの釣糸を用意していた。で、その釣糸の端を欄間の切り抜きを通して、向う側、つまり脱衣場の方に垂らし、その糸をぴんと引きながら、ということは鉄棒を上方に釣ったまま、脱衣場へ出たのだ。それから、依然として糸を張ったままでガラス戸をぴっちりと閉め、さらに強く糸をトンと引く。その強い引きで糸の結び目が解《ほど》け、鉄棒は柱の受け鋲の上に落ちる。つまりそれで施錠が成り、密室は完成したわけだ。あとは糸をたぐり寄せて引きあげ、逃げればよい。だが、犯人にとっては不幸な計算ちがいが出来《しゅったい》した。糸をトンと強く引いたとき、糸は結び目のところでほどける前に、欄間の板でこすれて切れてしまったのだ。密室は一応は完成したものの、犯人は密室の内側に重大な手がかりを遺《のこ》したまま、逃走せざるを得なかった。その重大な手がかりというのが、この釣糸だ……）

藤川は目を近づけて、錠の鉄棒にくくりつけてある糸の結び目を看た。予想通り、結び目は引《ひ》き解《と》き結びになっていた。

2

それからの藤川たちはまことに多忙をきわめた。まず、駐在の花村と高梨医師を叩き起し、まだ気を失っている石上克二を二階の彼の座敷に運び上げ、現場検証に立ち合い、浴場から階下の座敷に加代の死体を移した。加代の軀は生温く、顔の色艶《いろつや》などはまるでまだ生きているかのようにつやつやとしていた。高梨医師に、

「どうしたのでしょうねえ」

と、訊《き》くと、この老人はこう答えた。

「浴場は、他よりずっと暖かいのですな。なにしろ熱い湯をたたえた湯槽がありますから。つまり死体はあたためられていたわけで、はい」

なるほど、そんなものかな、と、そのとき、藤川は納得した。

一方、囲炉裏のある茶の間には、事件を聞きつけて、鬼哭の里の人たちが十数人、つめかけてきていた。なかにひとり、きちんと正座し、右手を拳に握って、目の涙を拭っている、小柄で青白い顔の中年男がいた。

「……あの男が畑中太一ですわな」

課長補佐が藤川の膝の前の湯呑茶碗に茶を注ぎながら小声で教えてくれた。

「つまり小夜の亭主ですわ。彼は、義理の姉の加代さんのことを、それは慕っておりましたよ。あの涙はおつき合いの涙じゃありません、心田《しんでん》からの涙ですな」

「……それにしても、おかしいですね」

「なにが、でござんすか？」

「小夜さんの姿がさっきから見えませんが」

「や、なるほど」

課長補佐は、自分の湯呑にも、じゃぼじゃぼじゃぼと茶を注いだ。

「たしかに妙ですな」

「わしにも一杯、茶を呉《く》れんかな」

藤川と課長補佐との間に駐在の花村がごつい軀をこじ入れてきた。花村はそれまで参集者の間を右に行き左へ戻りしてなにごとか聞いてまわっていたのである。

「……いやあ、美味《うま》い」

課長補佐の注いだお茶を一口啜《すす》って、花村は大声をあげた。

「ひさしぶりに美味いお茶を飲んだ」

花村はしばらく茶を啜るのに熱中していたが、やがて腰にぶらさげた風呂敷包みをほどき、その中味を囲炉裏の前にひろげた。

「藤川先生、ちょっとばかりおたずねしたいことがあるんですがね、よろしいですかな」

言いながら花村は柱時計をちらっと見上げた。

「もう午前二時をまわっとります。もし、お疲れのようなら、朝方《あさがた》に延《の》ばしてもよろしいんですが……」

「たしかに疲れています」

藤川はしきりに右耳を指でこすっている。これは眠気を覚すときの呪いで、彼はこれを知り合いの漢方医から教わったのである。多少の効き目はあるようだった。

「……しかし、ああいうものを見た後ですし、布団に入ってもすぐは眠れないと思います。ですから……」

「いまでも構わないとおっしゃる？」

「はあ」

「それでは……」

花村は半ズボンのポケットから薄い布地の白手袋を引っ張り出して両手にはめ、慎重な手つきで、風呂敷の中の万年筆を摘み上げ、それを藤川の鼻の先にかざした。

「この万年筆に見憶えはありますかな？」

「石上先生のものです」

「左様……」

花村の顔は面壁《めんぺき》九年の達磨《だるま》のそれとよく似ているのだが、その花村のこんもりと盛上った大鼻《でかばな》がぴくりと動いた。

「これは、アメリカ合衆国のシェーファー万年筆ですな。ペン先はもちろん14金ですが、じつは軸も14金の金張りです。犯人はキャップまでは残していってくれませんでしたが、じつはキャップも14金の金張りなのですわ」

濁《だ》み声でまくし立てる花村の口調には満々たる自信が溢《あふ》れている。

「凶器はあきらかにこの万年筆ですぞ。犯人は、この万年筆で加代さんの左の頸動脈と左手首を刺したのです」

「それはどうでしょうか」

藤川は花村の掲げている万年筆のペン先を指して反駁《はんばく》した。

「たしかにそのペン先は鋭い。しかし、万年筆のペン先ですから、細く鋭いのは先っちょだけ、すぐ太くなっている。そんなもので、たとえば頸動脈を深々と刺し貫くことができるでしょうか？」

「藤川先生、あなた、作家でしょう？」

「はあ……」

「原稿用紙と筆記用具、このふたつが飯《めし》の種でしょうが？」

「え、ええ、まあね」

「万年筆は筆記用具の王様といってもいい。だったら万年筆にもっと詳しくてもいいと思うんですがねえ。百姓は鍬《くわ》や鋤《すき》のことをよく知っておる、大工は鋸《のこぎり》や鉋《かんな》についてはじつに詳しい。それと同じように、あなたが作家なら、万年筆についての知識をもっとお持ちになるべきですな」

「…………」

「万年筆には、てこの原理でインクを吸い上げる式、スペアタンクでインクを補充する式と、いろいろな方式がありますが、このシェーファー万年筆はスノーケル吸入式でありますぞ」

「スノーケル吸入式……？」

「ごらんなさい」

花村は万年筆の尻のノブをまわした。すると、ペン先の下から竹槍とよく似た、直径一・五粍《ミリ》ぐらいの金属製の管がぬーっと繰り出されてきた。先端には血がどす黒く乾いている。

「この鋼鉄製の管がスノーケルですわ。おっとこれ以上、ノブはまわりませんな」

鋼鉄製の管はいまやペン先よりもさらに一糎《センチ》ほど長く出ている。

「スノーケルは錐のように鋭く、かつ、鑿《のみ》のように頑強です。しかも、どこまでも細い。どうです、これなら凶器に使えるでしょうが……」

「わしの見たところでも、凶器はそのスノーケルですわい」

高梨医師が囲炉裏の向う側でうなずいている。

「犯人はそのスノーケルで加代さんの頸動脈と左手首の動脈を刺したのじゃ」

「ど、どうも、ぼくはむかしから鉛筆しか使わない癖がありまして……」

藤川は頭を掻《か》いた。

「そ、それで万年筆には疎《うと》いのです。しかし、それにしても、奇妙な仕掛けですねえ。ぼくは生れてはじめて見ましたよ」

「正確にはこの万年筆、『U・S・Aシェーファー・K14スーパーペン』と申しましてな、いうなれば幻の名品……」

「……幻の名品？」

「左様で。一九四五年に作りはじめられ、五年後の一九五〇年には製造中止になっておりますな。たいへんに評判がよかったのですが、アメリカの高校生が、このスノーケルで誤って目を突きまして失明するという事件が起き、シェーファー社が自粛したのですよ」

「花村さん、あなた、ずいぶん万年筆にお詳しいですねえ」

「わたしは他人様《ひとさま》のおだてにはすぐ乗る性質《たち》でしてね、調子に乗ってもうすこし知ったかぶりをさせていただきましょうかな」

花村はにやりと笑って、赤く長い舌を出し、その舌で、部厚い唇をぺろぺろと舐《な》めて、湿《しめし》をくれた。

「……石上先生は昨年、このシェーファー万年筆を、東京は神田《かんだ》の金ペン堂という万年筆の専門店で十九万円でお買い求めになっておりますぞ。そのとき同時にお求めになったのが、カナダ・ウォーターマン社の大理石《マーブル》軸の14金ペン先付万年筆。この万年筆は一九三二年から一九三七年までに製造されていた型で、これもいまや骨董品《こっとうひん》的値打が出ておる。こっちは十五万円ですわ」

加代の死体を藤川たちが発見したのが、たしか十二時三十分ごろである。それから二時間も経たぬのに、駐在の花村は、万年筆について、そして石上克二について、相当に深く調べているようだ。藤川は〈まったくいつの間に？〉と感心し、それから〈それにしてもおかしいぞ？〉と、疑問を持った。石上克二は脱衣場で失神して以来、まだ正気を取り戻していない。ということは、花村が凶器と思われる万年筆について、石上自身の口からはまだなにひとつ聞きだすことができないでいるということと同義である。なのになぜ……？

「種明しをしましょうかな？」

花村は藤川の心の中を読んだようである。

「藤川先生、あなたは、目下、石上先生が毎朝新聞の日曜版に連載なさっている『日々の足音』という文章をお読みになったことがありますか？」

「ありません」

藤川は首を横に振った。彼は三種類の新聞をとっているが、三面記事しか読まない習慣がある。理由は、さる外国の文芸評論家の著したドストエフスキイの伝記の中に、

『……彼、ドストエフスキイの創作ノートはじつは新聞の三面記事だった。彼はいつも三面記事を夢中になって読み、その中から小説の材料を拾った』

と、あるのを読み、以来、ロシアの大文豪の真似をしているのである。

「先々週の日曜版に、石上先生は『わが筆記用具』という題で、このシェーファー万年筆についてお書きになっておるのですわ」

花村はシャツの胸のポケットから四つに畳んだ新聞の切り抜きを出して、藤川の膝の上

に置いた。

「ひとつ、お読みになっては如何《いかが》ですかな？」

「……はあ」

藤川はその切り抜きを斜めに読みおろした。たしかに、花村の、いまの講釈の種はすべて切り抜きの中に載っている。

「……わたくし、石上先生の愛読者なんでございますよ」

囲炉裏の向う側、高梨医師の隣りで痩《や》せた男が藤川に向ってにこにこ笑っている。その日の夕刻、鬼哭温泉ミュージック・ホールで開かれた餅振舞いのときに見た顔だ。

「小学校分校で教師をしております島原で……」

男は丁寧にお辞儀をし、

「石上先生の御本はすべて書架に揃《そろ》えております。また雑誌や新聞にお書きになるエッセイや雑文は、目についたかぎり、切り抜いて保存いたしております。じつはさきほど、加代さんが石上先生の万年筆で刺された、というのを聞き、犯人捜査の一助にでもなれば幸いと思い、その切り抜きを花村さんにお目にかけたような次第で……」

「さて、藤川先生……」

島原の話がまだ終らぬうちに花村がひと膝進めて、妙に改まった声を出した。

「石上先生の文壇での地位はどの程度でございますかな」

「確実にトップグループのひとりでしょうね」

藤川は浴衣の袂《たもと》から煙草を出して、一本口に咥《くわ》えた。

「どうぞ」

課長補佐が擦ったマッチを花村越しに差し出してよこした。

「どうも……」

藤川は一服喫ってぷーっと煙を吐き出し、

「石川達三、井上靖《やすし》、松本清張……、これらの諸先生よりはわずかに落ちますが、柴田錬三郎や水上勉などの作家たちよりは、すくなくともキャリアは長い。賞もいろいろ貰《もら》っておられるし、いくつかの文学賞の選考委員などもなさっています……」

「やはり大物ですな？」

「それは間違いありませんね。なにしろ、全集、選集、作品集もお持ちですしね……」

「なるほど」

花村はゲジゲジ眉と眼尻をだらしなくさげて、

「これはわたしの一世一代の大手柄になりそうですわい」

と、黄色い乱杭歯《らんぐいば》を剝《む》き出した。

「三島由紀夫先生のガス自殺、川端康成先生の割腹、五木寛之《ひろゆき》先生の休筆宣言、野坂昭如《あきゆき》先生の参院選、石原慎太郎先生の都知事選、これらの文壇大事件と肩を並べる、これは一大事件になりますよ」

「……な、なぜです」

藤川はいやな予感がし、そのいやな予感を振り払おうとして大声で叫んだ。

「……ど、どうして、これが文壇の一大事件になるのです？　講演旅行の講師がある旅館に泊まった。ところが、その夜たまたま、その旅館の女主人が殺された……、これだけの話じゃありませんか。それがなぜ？」

「文壇の大物作家、旅館の女主人を殺害！　これがどうしてニュースにならないんです？　賭《か》けてもいい。藤川先生、この事件は日本の犯罪史と文壇史に残りますぜ」

「わたしは石上先生の初版本をずいぶん持っております」

囲炉裏の向う側で小学校教師の島原が慇懃《いんぎん》に笑っている。

「そうなりますと、初版本の値がまた一段と上ります、はい」

「藤川先生にとっても、さらにもう一発、大きくのす機会でしょうが……」

課長補佐もにやりと笑って、

「殺人犯石上克二先生と同行し、かつ、石上克二先生の殺害せる被害者をはじめに発見しよ」

た作家、ということでだいぶ売れますよ」

「ちょ、ちょっと待ってください」

藤川は両手をあげて一同を制した。

「石上先生が人を殺すわけがありません。滅多なことを言ってはあとで大事《おおごと》になります

「だが、歴《れっき》とした証拠がありますからなァ」

花村は例の万年筆を風呂敷の中に戻し、手袋を外した。

「凶器は万年筆、そしてその万年筆は石上先生の愛蔵品、こりゃもう逃れられぬ。鬼哭橋がなんらかの方法で渡れるようになったら、本署から指紋検出粉を貰い受け、指紋を調べてみますが、まあ、石上先生と加代さんのものしか出んでしょうね」

「……動機がありますか、動機が」

「ありますがな。石上先生は小夜と一つ枕で寝たい、とお思いになっていた。だが、小夜は浴場へおりたまま、なかなか、戻ってこない。石上先生は心配になって浴場へ行ってみた。すると、小夜がちょうど潜り戸から戸外へ出るところだった。そして、浴場には加代さんが立っていた……」

「そ、それで?」

「加代さんが言う。『先生、ここは連れ込み宿ではございません。小夜には帰ってもらいます』。小夜も『……ま、そういうわけ。わたしと寝たかったら、まず姉さんの許可をもらってよ。それじゃね』と言いおいて出て行ってしまう。石上先生としてはおさまりがつかない。そこでこんどは加代さんを口説いた。加代さんは拒絶した。そこで先生は万年筆を逆手に構えてグサッ……」

「なぜ、浴場へ行くのに万年筆を持たなくちゃいけないんです？」

「…………」

花村は一瞬ぐっと詰まった。

「……たまたま持っていたんですがな」

「もうひとつ、花村さんの推理が正しいとするならば、この席に小夜さんが居るはずだ、と思うんです。花村さんの言うとおりのことが起ったのなら、小夜さんは白《しろ》なんですから」

藤川はここで畑中太一の顔を凝《じっ》と睨《にら》んだ。畑中はすぐに泣き腫《は》らした目を伏せた。

「……小夜さんがここに居ない、ということを花村さんはもっと重視すべきですよ。加代さん殺害事件の謎《なぞ》を解く鍵は、小夜さんの不在にある、これがぼくの推理です」

「……ということは？」

「小夜さんは実の姉が殺されたというのに、ここへ顔を出すことができない。その理由はただひとつ、彼女が犯人だからですよ」

茶の間には十五人前後の人間がいたが、このときはじめて全員が口を閉し、一斉に藤川を見た。

「……小夜さんの入湯中に、おそらく加代さんが入ってきたんです。『どうしたの？』『これから石上先生のお部屋へ行くの』『およしなさい！』『いいえ、どうしても行くの』『だめです、行かせません』……、こんなやりとりがあって、ついに揉《も》み合いになった。そして、加代さんは小夜さんにぐさりとやられた……」

「万年筆はだれが持っていたのかね？」

花村が訊いてきた。

「藤川先生の推理でも、そこんとこがはっきりしませんわな」

「まあ、万年筆のことは後で考えましょう。とにかく小夜さんには加代さんを殺す動機が立派にあるんです。それは市役所の岡田さんもよくご存知のはずです……」

課長補佐は一同にむかってゆっくりとうなずいてみせたが、このときだった、二階の座敷から男の悲鳴が聞えてきたのは！　藤川にはその声が、石上克二のものであることがすぐにわかった。茶の間の一同はただたがいに顔を見あわせているばかりである。

事件の被疑者

1

高屋旅館二階の石上克二の部屋へまっさきにとび込んだのは、成郷市役所観光課の課長補佐岡田である。二番手は駐在の花村、そして藤川は花村の後に続いた。

「……石上先生、どうかなさいましたか？」

敷布団の上に両膝をぴったりとつけて正座し、宙に眼を据えてぶるぶると震えている石上に、まず岡田が声を掛けた。

「石上先生……！」

「……浴場に倒れていたのはだれだ？」

石上の声には抑揚がなく、その調子は単調だった。

「血の池のように真ッ赤な湯槽《ゆぶね》の傍に倒れていた女はだれだった？　あの女は小夜か……？」

「小夜さんじゃありません」

藤川は石上の右肩を軽く叩いた。

「殺されていたのは加代さんです。この高屋旅館の女主人で、小夜さんの姉の加代さんです」

「……加代さんが殺されていた？」

石上の声が掠《かす》れた。

「小夜さんじゃなくて加代さんが……？」

「はあ……」

「ほ、ほんとうかね？」

「ほんとうです。それで石上先生、先生はいま叫び声をおあげになりましたね？」

石上はゆっくりと首を回し、藤川を見て、うなずいた。

「なぜ、叫び声を？　ここでなにかあったのですか？」

「……長い間、じつに長い間、わたしは暗闇の中を彷徨《さまよ》っておった」

「ですから先生は、脱衣場から浴場の内部《なか》をお覗《のぞ》きになって、うんと唸《うな》って気を失われたのです。つまり、ずうっと意識をなくしておられたわけで……。わたしたちが先生を脱衣場からここへお移ししたんです」

「そうだ。わたしは湯槽の傍に倒れている女を見て、とたんに暗黒の世界へ旅立った。そこまでは憶えている……」

「さすがは石上先生、文学者なんだわァ」

という声が藤川の背後でしている。

「……暗黒の世界へ旅立つなぞと、普段の会話にも文学的な表現をお使いになる」

藤川の背後には、加代が殺されたと聞いて集まってきた、鬼哭の里の住人が十数人、立っているはずだった。そのなかの幾人かが、石上の、気障《きざ》っぽい口のきき方に感心しているようである。

「……ずうっと胸が重苦しかった。そして、その重苦しい感じが、すこしずつ強さをまし、とうとうわたしは胸の上に全世界を乗せているような、すさまじい重苦しさを覚え、無意識のうちに『ぎゃっ』と叫んでしまったのだ。その叫び声がわたしを暗黒の世界からこの世へ連れ戻してくれた……」

「ということは、いまの叫び声はただの魘《うな》され声で……?」

「平べったく言えば、まあそういうことだね。わたしは自分の魘され声を聞いて正気にかえったわけだ」

藤川の背後で、吻《ほっ》と息をつく音がいくつもあがった。

「しかし、どうも解《げ》せないねえ」

「なにがです？」

「わたしは小夜が浴場へ降りて行ったのを知っておる。だから、小夜が殺されたのならわかるのだが、加代さんとは……」

「……泥棒ッ」

藤川の背後でだれかが叫んだ。

「な、なにが文学者だ、なにが小説家だ、なにが文壇の大物だ。他人《ひと》の女房を盗もうとしやがって……。汚ねえ豚野郎め！」

振り返ると、よろず屋の畑中太一が石上に向って歯を剝《む》いていた。

「……小夜ばかりじゃない。加代義姉《ねえ》さんにまでちょっかいを出しやがって。あげくの果てに加代義姉さんを……」

石上にとびかかろうとする畑中太一を小学校分校の教師の島原たちが必死で押えている。

「この人殺しッ！」

「よろず屋のご亭主を階下《した》へ連れて行ってくれないかね」

石上をはさんで藤川の真向いに坐っていた駐在の花村が、島原たちに指示した。

「できれば家に送っていってほしいね。ここで騒がれては仕事がやりづらい」

島原たちはうなずいて、畑中太一をなだめすかしつつ階下へ連れ去った。

「さて、石上先生……」

駐在の花村は、証拠品をつつんだ例の風呂敷包みを石上の前に置いた。

「……加代さんは左の頸動脈と左の手首をこれで刺されて死んでおったんですわ」

花村は包みをひろげた。

「よろしいですかな。この万年筆が凶器だったんですぞ」

「やっ、その万年筆は……?!」

石上はひろげられた風呂敷の上に視線を落し、落したとたんに身体を硬《こわ》ばらせ、絶句した。

「……そう。この万年筆は『U・S・Aシェーファー・K14スーパーペン』、あなたの愛用品ですな」

「…………」

「しかも加代さんは、この万年筆を右手に握りしめて死んでおった」

「じゃ、じゃあ、犯人は……?」

「石上先生、じつはあなたが犯人である公算が大きいと、わたしは睨んでおるのですわ」

「な、なにをばかな!」

石上は花村の胸倉を摑《つか》んだ。

「このわたしがなんで加代さんを殺さねばならん」

「それは調べませんと、わかりませんな」

花村は、自分のシャツを摑んでいる石上の手を目で示して、

「しかし、石上先生、あなた、六十歳の老人にしてはすごい力だ。それぐらい力があれば、加代さんを押え込み、咽喉《のど》に万年筆のスノーケルを突き刺すことぐらいはおできになりますな」

「き、きみはいま自分がなにを言い、なにをしようとしているのか、わかっているのか」

「ご忠告はまことにありがたい……」

花村は石上の手首をむずと摑んで逆にねじ上げた。

「……が、わたしも馬鹿ではない。自分が言い、自分がやっていることぐらいはちゃんとわかっているつもりでおりますよ。すなわち、わたしはあなたを加代さん殺しの容疑者として訊問《じんもん》しようとしておるところですわ」

「う、訴えてやる」

「ご随意に」

「わ、わたしには、警視庁にも、また国会議員にも、知人が大勢いるのだぞ。彼等を動か

して、貴様をくびにしてやる」

「ほ、それもまた結構ですな」

花村はにっこり笑って、

「わたしはこの鬼哭《おになき》の里の生れでしてな、猫の額ほどですが、田ん圃を持っております。くびになったらゆっくり米でも作りますわ」

「……花村さん」

怒りと驚きでぶるぶると震えている石上にかわって、藤川が花村の前に膝を進めた。

「こうは考えられませんか。この鬼哭の里に前まえから加代さんに殺意を抱いていた者がいた。その男、あるいは女が、石上先生の万年筆を盗み出し、それを凶器に使った。この説のいいところは、なぜ、凶器は万年筆か、という疑問を一挙に解決することで……」

「と、おっしゃると?」

「まず石上先生を犯人と仮定しましょう。花村さんの推理は、石上先生は浴場で小夜さんに振られ、小夜さんのかわりに加代さんを口説き、またまた断わられて、かッとなって殺した……、こうでしたね?」

「ま、まあね」

「花村さんの、この推理の弱点は、部屋を出て浴場へ行くとき、なぜ、石上先生は万年筆を持っていたかを説明できないことです。なんとなれば、部屋を出るときの石上先生はまだ小夜さんに肘鉄《ひじてつ》も喰っていなければ、ましてや加代さんに断わられてもいない。すなわち、石上先生は誰に対してもまだ殺意を抱いていないのです。殺意を抱いていないものが凶器の準備をするはずはありません」

「なるほど、藤川先生のお説、たしかに筋は通っておりますな」

花村はベルトにぶらさげていたよれよれの手拭を抜き取って、額の汗を拭った。それに釣られて、藤川も課長補佐も、そして石上も、浴衣の袖で額の汗を叩いた。雨はすっかりあがったようである。だが、そのかわりになんとなくむしむしする。夜明け近くにむし暑くなるなんて、まったく妙な土地《ところ》だ、と思いながら、藤川はさらに推理を進めた。

「……花村さん、浴場の内側から、ガラス戸の錠に仕掛けがしてあったことを思い出してください。犯人は加代さんを殺害した後、浴場を密室にしようと計画しました」

「な、なんだね、その密室というのは？」

石上が藤川を遮《さえぎ》った。

「犯人が浴場になにか仕掛けをしたというのかね？」

「はあ。ガラス戸の内側の錠の棒に釣糸が結んであったんです。つまり犯人は浴場を出てガラス戸をしめてから、脱衣場でその糸を操作して棒をおろそうとしたわけです。脱衣場から糸を操って、棒が錠の真上にきたところで、その糸をトンと強く引く。結び目は引き解き結び、引いたとたんにほどける。糸をたぐり寄せれば、証拠はなくなってしまう」

「なるほど、それで密室は完成か」

「……ですが、犯人はここで重大な失策をしてしまいました。トンと引いたとき、結び目はほどけず、かわりに糸が切れてしまったんですね。棒は錠の上に落ちた。が、しかしそれがかえって犯人に災いしたのです。密室が完成してしまったために、犯人はこんどは棒の糸を引き上げるために浴場に入ることができなくなった……。いいですか、花村さん、糸を使って密室を作るためには、あらかじめ、その糸を用意しておかなくてはなりません。が、糸を用意することは石上先生には無理です。なにしろ、石上先生は部屋を出るとき、だれにも殺意は持っていなかったのですから……」

一座はしんと鎮まりかえっている。藤川は、ゆっくりと一座のひとりひとりの顔を確認するように見ながら結論を出した。

「つまり、この事件は計画的なものなんですね。ところが石上先生には計画を立てる暇すらなかった。ましてや釣糸を用意する余裕などあるはずがありません。したがって、石上先生が犯人であるはずはない……」

「そうですかねえ……」

ぽつんと言ったのは意外なことに課長補佐だった。

「わたしははじめのうちは藤川先生の説に賛成だったんですがね、五分ほど前から、駐在の花村さんの意見に乗りかえましたよ」

「……五分ほど前？」

「ええ。五分ばかり前に、石上先生は浴衣の左袖で額の汗を拭われましたが、そのとき、先生の袂《たもと》から白い糸がちょろっと覗いているのに気がついたんですわ。袂がほころびているのかしらん、そう思ってじっと見ておりますうちに、どうやらその糸、問題の釣糸らしいとわかりましてねえ……」

石上はえっとなって右手を浴衣の左の袂に突っ込んだ。

「石上先生、そのままで！」

花村が両手で石上の左袂を押えた。

「動いてはいけませんぞ」

「し、しかし……」

「説明はあとでゆっくりと伺います。さあ、その手を袂から抜いてください」

石上が右手を抜いた。かわって花村が右手をさし入れた。

「……うむ？」

石上の浴衣の左の袂の中を探っていた花村の顔色がかわった。

「これは……？」

花村は手を石上の袂から抜き出した。彼の手には釣糸の端がしっかりと握られていた。

「藤川先生……」

花村は静かに釣糸をたぐり出しながら、

「あなたのお説とは逆の目が出たようですわ。どうやら石上先生は、はじめっから密室を計画なさっていたようですぞ」

たしかに、花村の引き出した釣糸は、風呂敷の上の証拠品、浴場のガラス戸の棒に結びつけられていたものと、まったく同じである。藤川は呆然《ぼうぜん》としてただ釣糸を眺め、石上は、うううううと、唸り声をあげるばかりである。

2

石上は高屋旅館の隣りの、鬼哭温泉ミュージック・ホールに軟禁された。

この建物には楽屋口がなく、出入りできるのは正面入口だけである。したがって正面入口に見張り番を置けば、たちまち、牢としても使えるわけである。

「……見張り番を殴り倒せば、ミュージック・ホールから出ることはできますがね、鬼哭橋が落ちた現在《いま》、この鬼哭温泉全体が一種の巨大な牢獄のようなものですわ。ですから脱走なさっても無駄ですな」

こう言い残して、花村は交番へ戻っていった。もっとも、花村は相手が高名な小説家であり、下手に扱うと後がうるさくなると考えたのか、ミュージック・ホールの舞台に、高屋旅館から新品の布団を持ち出してきて寝所をしつらえ、小学校分校の応接室から三点セットを運ばせ、石上がくつろげるように按配《あんばい》した。応接用テーブルの上には、花や果物や煙草などの用意も忘れなかった。

「……藤川君」

正面入口に市役所の運転手を見張りに残し、鬼哭の里の連中が引き揚げたのは、東の空がようやく白みはじめた四時半すぎだったが、連中の足音が遠くへ消え去るのを待っていたように、石上は、話し相手としてミュージック・ホールに留まった藤川に言った。

「わたしはこれまで自分の身辺にずいぶん細かい神経を使ってきたつもりだ。スキャンダルになるのをおそれて、銀座の女とも遊んだことがない。だれをも敵にまわしたくなかったから、仲間の文士や編集者の悪口も、なるべく言わぬようにしてきた。特定の政党や団体に肩入れをすると、変な色がつく。だから政治的な発言も控えてきた。べつにいえばわたしは兎《うさぎ》のように臆病に、これまでを生きてきたのだ。そのわたしが人を殺すだなんて、君、こんなことはぜったいあり得ない。わかってくれるね」

「わかります」

藤川は果物籠から桜桃《おうとう》をひとつつまみ取って、

「石上先生が犯人でないことは確信していますよ」

と、ひと粒、口の中に放り込んだ。

「なにかの間違いですよ、これは……」

「ああ、間違いにきまっとる」

石上は林檎《りんご》を取って、それを浴衣できゅっきゅっと磨いている。

「さもなくば、これは陰謀だ。わしはきっと真犯人をつきとめてみせる。そして、この温泉の連中を名誉毀損《きそん》で訴えてやる」

「しかし、先生、袂から釣糸が出てきたのはまずかったですねえ」

「まずいもなにもあるものか。わたしはあの瞬間まで、自分の袂にあんなものが入っているとは思ってもいなかったのだ」

「そうしますと、だれかが先生の袂にあの釣糸をこっそり忍ばせておいたのでしょうか」

「そうに決まっている」

ばりっと音をさせて石上は林檎を嚙《かじ》った。

「どこかにわたしを殺人犯に仕立てあげようと企《たくら》んでいるやつがいるのだ。そいつが細工をしたのだよ」

「だれかに憎まれているという心当りは……？」

「べつに……ない」

「万年筆に関してはどうです？」

石上が黙ってしまった。

「いつ、万年筆を盗まれた、とお思いになります？」

石上は答えない。ただ黙々と林檎を嚙《か》み、嚙んでは嚥《の》み込んでいる。

「……石上先生！」

「あの万年筆はわたしのものではない」

突然、石上は妙なことを言い出した。藤川は驚いて、口中の桜桃を種子《たね》ごとごくりと嚥み込んでしまった。

「正確に言えば、昨日の四時ごろまではわたしのものだった。が、四時以降は他人《ひと》のものになった」

「というと、だれかに差し上げられたわけで……？」

「うむ」

石上はうなずいた。

「君は高屋旅館に入ってすぐ、市役所の運転手と鬼哭橋を見に行ったね？」

「ええ。橋が落ちた、というものですから、その様子を見に出かけましたが……」

「わたしは二階の座敷に上って、あの加代という女主人のためにサインをしてやった。彼女、わしの小説本を三冊ばかり持っておったのだ」

「それで？」

「わたしが例の万年筆でサインをしておると加代さんが『すてきな万年筆でございますわね』と、いかにも羨《うらやま》しそうな顔をした。そこでわたしは……」

「やっちゃったんですか」

「ああ」

石上は苦笑して、

「もてないせいかねえ、女にはどうも甘い」

「しかし、あんな値打ものの万年筆をもったいないないじゃありませんか」

「あの万年筆にはすこし飽きがきていたところだった。それに、あれと同時に買ったウォーターマンの方がわたしの原稿用紙には適《あ》うのだよ。もうひとつ……」

「やはり、もてたいとお思いになったのでしょう？」

「つまり、そういうことだ。加代さんのようなタイプがわたしの好みなのだよ。旅先の一夜、しかも橋が落ちたために講演がないとなれば、長い長い夜になる。わたしは万年筆を餌《えさ》に彼女を口説くつもりだった」

「しかし、先生は結局、小夜を口説かれましたね」

「加代さんよりも小夜の方が簡単に落ちると思ったのだよ。それに小夜の方がより好みにあうしね」

藤川はすこし馬鹿らしくなって、しばらくはせっせと桜桃を口に運んでいた。しかし、石上はなぜ花村に、万年筆を加代に呉《く》れてやった、と言わなかったのだろうか。

「……さっき、君は、万年筆が凶器であるかぎり、わしが犯人ではあり得ない、とみんなに語っていた。わたしはあのとき君の説に縋《すが》っていたのでね、このはなしはどうも言い出しにくくて……」

藤川の心の中を読んだのか、石上は弁解がましくこうつけ加え、

「とにかく、わたしは天地神明に誓って潔白だ」

と、林檎の芯《しん》を客席へ投げ捨てた。

「潔白だ、潔白だと喚《わめ》いていても事情は好転しませんよ」

藤川は椅子から立って、そのへんを歩きまわりはじめた。

「わたしたちで真相をつきとめ、真犯人を探し出すことです。それ以外にありません。それも、鬼哭川が渡れるようになるまでに、です」

「……うむ」

石上はソファの背にぐったりと凭《もた》れて、

「マスコミの連中に嗅《か》ぎつけられてはおしまいだ。連中はきっとおもしろがって書く。たとえ、わたしが容疑者に過ぎなくとも、それだけでも記事になる……」

「……やはり小夜ですね」

上手《かみて》の袖から藤川は石上を振り返った。

「もっとも疑わしいのは小夜です」

「そ、そうかね？」

「たとえばこういう推測は成り立ちませんか。昨夜の夜遅く、加代さんは帳場で帳面かなんかつけていた。むろん、先生から貰った万年筆を使って、です。と、調理場の裏をだれかの歩く音がする。やがて、浴場の潜《くぐ》り戸を開ける気配。……どうも妹の小夜のようだ。『火遊びはおよしなさいとあれほど言っておいたのに、あの子、やはり石上先生のところへ忍んできたのだわ。もう許せない』、かっとなって加代さんは、調理場から裏へ出て、潜り戸から浴場へ入り、ガラス戸を開けて脱衣場へ入ろうとしていた小夜に待ったをかける。むろん、万年筆は手に持っている。ちょうどインクの出が悪くて、スノーケルを突き出しておいたままで……」

「それで……？」

「口論がはじまる。そのうち揉《も》み合いになる。小夜は姉の手から万年筆を奪ってぐさっと加代さんの首を刺す」

「たしかにそれでなぜ万年筆が凶器になったか、説明がつくかもしれないねえ。しかし……」

石上はソファの背凭れから身体を起した。

「……あの釣糸はどうなる？」

「じつはですね、石上先生、あの釣糸が小夜とたいへんに関係の深いものであることに、たったいま気がついたんです」

藤川は上手の袖の中を指でさして、

「小夜はストリッパーです。ストリッパーにはバタフライがつきものだ。ひょっとしたら、あの釣糸はバタフライのヒモなんじゃないでしょうかねえ」

「バタフライのヒモ……?!」

石上は発条《ばね》仕掛けの人形のようにぴょんと立った。そして、ばたばたとスリッパを鳴らして藤川の傍へやってきた。

「……その棚の上をごらんなさい」

藤川は袖内《そでうち》の壁に吊《つ》ってある、一見して素人の細工とわかる、粗末な棚を指でさし示している。うっすらと埃《ほこり》をかぶったバタフライがひとつ棚の上に抛《ほう》り出してあった。バタフライの地はビロードで、中央にビーズで蝶《ちょう》の模様がほどこしてある。バタフライからはヒモが二本垂れているが、たしかに釣糸のようだ。そして、棚の隅には、釣糸がくしゃくしゃにまるめて投げ出してある……。

「……姉を殺してしまった小夜は、凶器が万年筆だということから、石上先生を犯人に仕立てあげることを思いついた」

言いながら藤川は、足許《あしもと》の衣裳行李《いしょうこうり》を舞台の上手へ引っ張り出した。

「そこで、大急ぎでここへやってきて、釣糸を持ち出し、なに喰わぬ顔で先生の部屋へ忍んで行った」

「す、すると、あのときすでに小夜は加代さんを……?!」

「殺していたのです。そう考えた方がいろいろと辻褄《つじつま》が合います」

「な、なんということだ……」

石上がぶるぶるっと身ぶるいをした。

「そうとは露知らず、わたしはあの女の軀《からだ》を……」

「でも、触っただけでしたでしょう?」

「そう……」

うなずきかけて石上は、はっとなって藤川を見た。

「な、なぜ、君がそれを知っているのだ?」

「襖《ふすま》の隙間から覗かせていただいていました」

「油断も隙もない世の中だ」

石上は両手で頭をかかえた。

「四方八方、みな敵だ」

藤川はそれには構わず衣裳行李の中のものをひとつずつ、床の上に並べている。浴衣、腰紐《こしひも》、馬糞紙《ボールがみ》製のシルクハット、塗りの剝《は》げかかったステッキ、羽根飾りのついた舞台衣裳、はりぼてのかつら、半分銀紙のとれた竹光《たけみつ》、部厚い踵《かかと》の白い靴、破れた三度笠、黒マントに学帽……。どれもこれも埃だらけである。そして底の方につけひげが五、六個と文庫本が一冊。

「……チェホフの『結婚申込』なんて本が入っていますよ。これは、しかし、妙だな」

「ストリッパーの中には外国文学の愛好者だっているだろうさ」

「かもしれませんが、なんとなく引っかかりますね」

「そんなことより、藤川君。君の推理の先が聞きたい」

石上が藤川の肩をぽんと叩いた。

「先を続けてくれたまえよ」

「はあ……」

藤川は出したものを衣裳行李へ戻しながら、

「小夜は先生にしなだれかかり、隙を見て浴衣の袂に釣糸を入れた」

「それで……？」

「身体を洗ってきます、とかなんとか言って先生の座敷を抜け出し、浴場のガラス戸の錠に、別に用意した釣糸を引き解き結びにゆわえつけ、脱衣場に立って、わざと欄間のところで糸を切った……」

「わざとだと？」

「そうです。わざと密室工作に失敗したのです。小夜には浴場に釣糸を残すことが必要だったのです。もちろん、先生に疑いがかかるようにするために、ですが……」

「うむ」

石上はぽんと膝を打った。

「これですべての謎《なぞ》が解けた。小夜を探そう。あの女を捕えよう。それで一件落着……」

「いや、まだわからないことがあるんですよ」

「……な、なにかね？」

「たとえば尺八です。なんのために犯人は、まあ小夜とはっきり言ってもいいと思いますが、尺八の音を流す必要があったのか……」

「伴奏音楽のつもりだったんじゃあないのかね」

「また、先生が脱衣場で見た鬼はなにものでしょうか。なぜ、鬼が登場しなければならないのだろう？」

藤川は衣裳行李に腰をおろして考えはじめた。が、そのとき、入口のドアがぎいっと鳴って、黒い影がひとつふらりと客席に入ってきた。

「だ、だれだ？」

石上が怯《おび》え声で誰何《すいか》した。

「……花村ですわ」

さっき、石上を問い詰めたときとは打って変った潮垂れ声である。

「あっ、貴様……」

石上が舞台から客席に跳び降りた。

「よくもわたしを、この石上克二を、犯人扱いして、こんなところに閉じ込めおったな。これは高くつくぞ。今から覚悟しておけよ」

「じ、じつはですな、石上先生……」

「黙れ！　いいか、田舎巡査、この藤川君がたったいま、すべての謎をほとんど解いてしまったのだ。真犯人は小夜だ。小夜が実の姉の加代さんを殺したのだ。小夜を探せ。あの女を捕えるんだ。話はそれからだ」

「その小夜は、どうやら遠いところへ行ってしまったようですわ」

花村は客席の畳の上にぺたんと坐った。

「捕えるにも、もう手が届きませんわ」

「逃げたというのか。い、いったい、ど、どこへ逃げたのだ？」

「鬼哭川には昨日以上に水が流れておりますですわ。鬼や魔物でもないかぎり、川の水が引くまではどこへも逃げられやしませんなあ」

「……し、しかし、貴様はいま、遠いところへ、と言ったはずだぞ」

「はあ」

花村は手拭でぺろりと一回、顔を拭った。

「その遠いところというのは、つまりあの世のことでして……」

「あの世?!」

「いましがた、猪子屋《いのこや》の亭主が鬼哭川へ水の出具合、増え具合を見に行きましたところが
……」

「なんだ、その猪子屋とは？」

「ここの洋品屋兼土産屋ですわ。で、その猪子屋が川っぷちを歩いておりますと、鬼哭橋の一粁《キロ》ばかり上流《かみ》に、女物のサンダルがきちんと揃《そろ》えて脱いであったんですな。それが部厚いコルク底のサンダルで、鼻緒というんでしょうか、足の甲を突っかけるところが赤い皮なんですよ」

藤川は前の夜、この舞台で、花村がいま言ったのとそっくり同じサンダルをはいて、小夜が『誰かが誰かを愛してる』を踊ったことを思い出した。

「川へ飛び込んだんですわな、そのサンダルの持主は。それで、猪子屋はそのサンダルに見憶えがあったので、持って帰ってたったいま、畑中太一に見せたわけです。畑中太一は、ほれ、小夜の亭主で。太一はそのサンダルを見たとたん、わーッと泣き出しましてな」

「す、すると……？」

「小夜が加代さんを殺《や》ったんですな。で、その罪をつぐなうために、自分を罰したのでしょう。そうなりますと、わたしの判断はすべて間違い……。いやあ、石上先生にはたいそ

うご迷惑をおかけいたしました。この通りでございます」

花村は額を畳にこすりつけた。

「どうかお許しねがいたいもので……」

小夜が入水《じゅすい》したと聞いて、石上は怒る気力を失ったらしく、呆《ぼう》っと花村の顔を見つめている。

石上にかわって藤川が訊いた。

「それで花村さん、小夜さんはまだ……」

「みつからんのです。わたしもこれから捜索に行かなくてはなりませんが、果して死体があがりますかどうか。なにせ、鬼哭川は水死体のあがらないことで有名な川ですからなあ」

花村はよろよろと立ち上った。

事件の逆転

1

「な、なんだね、あの男は。藤川君、やつはなにを言いに来たのだ？」

石上克二は駐在の花村が蹌踉《そうろう》として出て行ったドアを指さした。

「まったく理由《わけ》のわからん海坊主のような野郎ではないか！」

「花村さんは次のふたつのことを石上先生やわたしに言いにきたのではないでしょうか」

前夜からの事件の連続と徹夜のせいでこのお年寄はすっかり頭が呆《ぼ》け呆《ぼ》けになっているようだ、と思いながら、藤川は説明した。

「ひとつは石上先生にかけられていた加代さん殺しの嫌疑が晴れたこと。もうひとつは、したがって留置場がわりのこの鬼哭温泉ミュージック・ホールを自由に出て行ってよいということ」

「ふん、出て行ってどうするのだ。戸外《そと》に出ても、映画館もなければ劇場もなく、気のきいた料理《もの》をたべさせてくれる料亭もレストランもないではないか。おまけにこんな辛気臭いところから逃げ出そうと思っても、鬼哭橋が落ちて外界とは交通が杜絶《とぜつ》しておる。この建物を出ようが出まいが事情は同じようなものだ」

「そうでもないでしょう」

石上が煙草を銜《くわ》えたので、藤川は、がしゃっ！　と使い捨てのライターを点《つ》けて差し出して、

「第一に、自分の足でいろいろと調べることが出来ます。もちろん、加代さん殺しの嫌疑をかけられたのは石上先生で、わたしではありません。ですからわたしは自由に戸外《そと》へ出て行けます。がしかし、やはり先生をここへひとりぼっちにして放ったらかしにしておくことは、後進の分際としてできにくい。自然、戸外へ出て行く機会は減ります。ところがいまや石上先生は青天白日の身、わたしは後顧の憂いなく調べまわることができる……」

「調べる調べるとだいぶ気張っているようだがね、藤川君、いったい君はなにを調べようというのかね」

「暢気《のんき》ですねえ、先生も……」

藤川はすこしばかり呆《あき》れた。

「小夜のことを徹底的に調べあげるんですよ。小夜のサンダルが鬼哭川の川《かわ》っ淵《ぷち》に脱ぎ揃

えてあった、したがって、小夜は、実の姉の加代を殺した後、良心の呵責《かしゃく》に耐えかねて犯した罪のつぐないに、鬼哭川に飛び込んだ……、これが駐在の花村さんの考えです。が、この考えはすこし甘いような気がしますね。わたしの推理では、小夜は加代さんを殺した直後に密室工作をしている。殺人直後に密室工作をするような人間が果して、罪のつぐないのために投身自殺などするものでしょうか。川っ淵にサンダルを脱ぎ揃える……、これはどうも小夜の偽装のような気がします。わたしは自分の足でこの鬼哭の里を歩きまわって、加代さん殺しの真相を究《きわ》めたい。これはつまり石上先生のためでもある……」

「わたしのためだと?」

石上は驚いたように藤川を看た。

「小夜が生きていようといまいと、川の淵に彼女のサンダルが脱ぎ揃えてあったということで、わたしへの嫌疑は晴れ、わたしの名誉は回復されたのだ。それでいいじゃないか。このかびくさいところから出たら、わたしはひたすら眠るよ」

「だから、先生は暢気だ、というんですよ。これこれしかじかの理由によって小夜こそ疑いもなく加代殺しの真犯人である、ということをしっかりと調べあげる。そうすることによってのみ先生の名誉は真に回復されます。なにしろ、小夜が加代を殺したということを証明する物的な証拠は、まだなにひとつないのですから……」

「うーむ……」

石上の顔面に赤味がさしてきた。

「君のはなしを聞いているうちに次第に腹が立ってきたぞ。たしかにひどい。ここの連中はひどすぎる。たとえ数時間という短い間だったとはいえ、連中はこのわしを旅館の女主人殺しの有力容疑者にしてしまったのだからな。こともあろうにこの石上克二を……！」

「……ええ、おはようございます」

ドアの外で大きな声がした。

「成郷市役所観光課の課長補佐岡田ですが、入ってもよろしゅうござんすか」

「こっちはべつに構わんが」

石上が応じるとすぐにドアが開《あ》いた。鬼哭温泉ミュージック・ホールの正面入口は真東《まひがし》を向いているらしく、課長補佐と同時に眩《まぶ》しい朝の光が内部《なか》へ入ってきた。

「昨日の豪雨が嘘のように、空がよく晴れておりますわ。よかったですなあ」

「なにか……？」

藤川が訊《き》いた。

「小夜の死体でも揚ったんですか？」

「十中八、九は揚りますまいね」

課長補佐はなんのためらいもなく首を横に振った。

「なにしろあれは底無し川ですからな。そんなことより、朝食はいかがで……？　炊きたての飯に仙台味噌の味噌汁、早成《はやな》り茄子《なす》の一夜漬、それに焼海苔《やきのり》に生玉子」

「ど、どこに用意してあるのかね？」

石上は咽喉《のど》を鳴らす。

「その朝食は……？」

「大橋旅館で。ご案内いたしましょう」

課長補佐が、どうぞと頭を下げた。石上と藤川は、禿《は》げかかって髪の間から地肌の透《す》けてみえる課長補佐の頭の横を通って戸外《そと》へ出た。たしかによく晴れ上っている。熱気がむっと顔を撫《な》でる。数日来の雨をたっぷりと吸い込んだ地面が陽の光であたためられて水蒸気を立ちのぼらせているのだ。

「その大橋旅館というのはどこです？」

「この五、六軒先ですわ」

課長補佐は通りを北に向って指をさし、

「先生方のお荷物やお洋服なども大橋旅館へ移しておきました」

「……なぜかね」

石上はしきりに欠伸《あくび》を連発しながら歩きだした。

「どうもこの、寝不足のまま明るいところへ急にとび出すと欠伸が出るねえ」

「……はあ」

つき合いのつもりか、課長補佐もひとつ大きな欠伸をした。

「これはわたしが独断で決めました処置でございますが、まあ、この独断、先生方にきっとほめていただける、あるいはよろこんでいただけるにちがいない、とひそかに自画自讃をしております。なにしろ、高屋旅館では女主人が殺されました。つまり先生方のお世話をする者がいなくなったわけで……」

「あ、なるほどな」

「それに、高屋旅館の階下《した》の座敷には加代さんの遺体が置いてあります。これはあまり気持のよいものではございませんでしょう」

「たしかに、その通りだ」

「加えて、今夜はお通夜で騒しいことでしょうし、明日は午後一時から告別式がありますし……」

鬼哭温泉ミュージック・ホールの北隣りは間口一間半ほどのバーである。板戸が閉まっていて、『七月いっぱい休業させていただきます』と書かれた紙が貼《は》ってある。やはり農繁期の温泉場は暇のようだ。バーの、さらに北隣りは、傾きかけた平屋の家、壁は土壁で、ところどころ土が落ち、十字に組んだ割竹の芯《しん》が露呈している。奥からこっこっこっこっと鶏の鳴き声が聞えてきた。藤川はちょっと立ち止まって奥を覗《のぞ》いてみる。小型のコンバインの前で数羽の鶏がくちばしで地面を突っついていた。するとこれは農家か。家屋の奥の方は新しい普請である。

「……まあ、そんなわけで、先生方は大橋旅館にお宿替え、ときめさせていただきました。なかなかいい旅館ですよ。座敷数は五つ。その点では、高屋よりも上で……」

「では、最初からその大橋旅館にしてくれればよかったではないか」

「はあ。しかし、格式は高屋旅館の方が高いですし……」

「格式？」

石上は笑った。

「あの旅館にどんな格式があった？　聞いてみたいものだね」

「なにしろ、元のご領主の子孫が経営しているのですし、それにレストラン・シアターもついておりますから、高屋が一番なのでございますよ」

「レストラン・シアターだと？　そんなものがあったか？」

「ミュージック・ホールがそのレストラン・シアターで。小夜のストリップをごらんになりながら、先生方もお餅を召し上ったじゃございませんか」

「ばかばかしい、もう話にならん」

土壁の家が三軒続き、その次に『大橋旅館』という看板を掲げた二階屋があった。間口は三間、右側の一間が玄関で、左の二間が大衆食堂になっている。板張りの安普請で、なるほどたしかに高屋旅館よりは格が落ちるようである。

「……恵美ちゃん、石上、藤川の両先生のお着きだよ」

声高に言いながら課長補佐が玄関のガラス戸に手をかけた。

「朝御飯の支度はこっちにしてあります」

若い女の声が大衆食堂の方でして、がらがらとガラス戸が開いた。

「先生方、こちらへどうぞ」

出てきたのは十七、八の娘である。丸顔のなかに丸い目や丸い鼻や厚い唇が結構按配《あんばい》よく配置されている。背は高くなく、肩がまたまるい。足は太い。が、足首のところがきゅっと細くなっていた。肌の色はびっくりするほど白い。大美人とはとてもいえないが、「健康的な小美人」ということはできるだろう。

「ここの一人娘ですわ」

課長補佐は石上や藤川の肩を軽く押して、食堂のなかへ誘った。

「成郷高校の定時制へ通っとります」

「……四年生なんです」

恵美は気を付けの姿勢をとっている。

「昼間はここで父の手伝いをしているんです」

「それは感心だ」

女の顔を見ると石上の機嫌はよくなるようである。石上はにこにこしながらテーブルについた。食堂の中には鉄棒の脚のデコラのテーブルが四つあった。腰掛は木製、背凭《せもた》れのない丸椅子である。

「しかし、この鬼哭温泉から成郷市までは三十キロはあるはずだが、そこをどうやって通うのかね」

「自転車です」

恵美は、調理場との仕切りのカウンターの小窓を開け、向う側に並べてあった食器類を、テーブルに移す。

「自転車？」

石上は大仰に驚いてみせながら、はやくも箸立《はした》てから箸を抜く。箸は竹箸、黄色く塗ってある。

「自転車じゃあずいぶん時間がかかるだろうねえ」

「一時間半ぐらいです」

恵美は、こんどは、隣りのテーブルに鍋《なべ》と御櫃《おひつ》を置いた。

「往復で三時間か」

「股擦《またず》れはしないかい」

課長補佐がにやっと笑った。

「……鞍《サドル》で股が擦れるだろ？」

「べつに」

恵美は汁椀に味噌汁を装《よそ》っている。香《こう》ばしい味噌の匂いが藤川の鼻の穴を擽《くすぐ》る。口中に唾《つば》が湧《わ》いた。藤川も箸立てから箸を抜いた。

「でも、恵美ちゃんよ」

「なんですか」

「股は擦れないかも知れないがね、あ、あ、あそこが擦れるだろ」

「あ、あ、あそこってどこ？」

恵美は汁を装い終えて、いまは御飯を茶碗に盛っている。

「あ、あ、あそこってあそこさ。行きに一時間半、帰りに一時間半、鞍《サドル》の前の盛り上ったところがあそこにちょこちょこ触るだろ。そしたら、気持よくなるだろ？　おじさんはね、だから心配しているんだよ。途中で気持よくなって、思わずハンドルから手を離して、あれーッ！　なんてのけ反ったりしたら大変だもの。落っこったら車に轢《ひ》かれる。車に轢かれなくても頭を打って即死だ」

「ばかなことを言わないで」

　恵美が課長補佐の頬をぴしゃりと平手で打った。茄子を口中に入れていた藤川はびっくりし、そのはずみで茄子をまるごと嚥《の》みくだしてしまった。すぐにひくっとしゃっくりが出た。

「それより、おじさん、早くおたべよ」

「はーん！」

　課長補佐は右手に摑《つか》んだ生玉子をコンと勢いよく額《おでこ》に打ちつけた。一風変った殻の割り方をする男である。

「怒っておじさんを平手打にするところを見ると、気持よくなった経験はあるんだな」

「どうでもいいでしょ、そんなこと」

　恵美はお茶を入れに調理場へ立った。

「どうです、石上先生、都会の女学生とはまた変った趣きがあるでしょ？」

課長補佐はひどく高い音をさせて玉子醬油を箸でかき混ぜる。

「もう堂々たる女ですわ」

「君も相当、下品な男だね」

石上は苦労しながら前歯で茄子を捩《ね》じ切っている。義歯《いれば》なのだ。

「はらはらしたよ」

「へへへ、これも先生方へのサービスで。東京では女子高校生が売春をしているそうですが、じつは……」

「こっちでも……?」

「いや、じつは残念ながら、そこまでは進んでおりませんな」

「なんだ。持たせっぷりな喋《しゃべ》り方をしちゃいかんよ」

「ところで両先生、じつはこの家の主人が、つまりあの娘《こ》の父親がさっそく出てきて挨拶すべきなのですがね、ちょっといま留守にしておりますので、なにとぞ悪《あ》しからず……」

「留守というと……?」

「おやおや石上先生、急に目をお輝かせになりましたね。ははーん、父親が留守とは勿怪《もっけ》のさいわい、今夜はひとつそうーっと恵美ちゃんの布団へ……、なんてお思いになったんでしょう?」

「……ば、ばかな」

「まあまあ、そうむきにおなりになってはいけません、冗談で申しあげたのですからな」

課長補佐はぞぞーっと一気に生玉子をかけた飯を口の中に流し込んだ。

「……あの娘の父親は鬼哭川へ捜索に出かけております。つまり、小夜の死体探しで。帰ってきたら挨拶をさせますから」

恵美が茶を持って出てきた。

「おかわりをくれんか」

石上が恵美に汁椀をさし出した。

「じつにおいしい」

「わァ、うれしい」

恵美の頰がたちまち赤くなる。

「石上先生にほめていただけるなんて、なんだか夢を見ているみたいです」

恵美は石上の汁椀に汁を装った。

「……どうぞ」

「ありがとう。ところでさっきの話のつづきだがね、夜、成郷からここへ戻ってくるとき、怖くはないかね？」

「べつに」

「ほう。それは男まさり……」

「なにしろ、この娘はこれの使い手で……」

課長補佐は竹の箸を竹刀《しない》のように構えてみせた。

「高校では剣道部に入っているんですわ」

「剣道部は今年の三月でやめました」

「ふうん。じゃあ、いまは何部？」

「邦楽研究会。部じゃなくて同好会なの」

「三味線でも習っているのかい？」

「わたしは尺八よ」

「ほう、尺八ねえ？」

課長補佐は下卑た笑いを口の端に泛《うか》べ、

「尺八はいいよ。あれは嫁に行ってから役に立つ」

「そ、そう？」

「ああ、毎晩、旦那さんのために尺八を吹いてやるといい。夫婦円満疑いなしだよ」

恵美はきょとんとし、課長補佐と石上は目顔でうなずき合いながらにやにやしている。

「……なあ、恵美ちゃんよ、ついでだから言っとくがね、旦那さんにはハーモニカの上手な男を選ぶといいよ」

「どうして？」

「毎晩、合奏するのさ」

「尺八とハーモニカ？　適《あ》うかしら？」

「適うなんてもんじゃない。もうぴったり。そうですよねえ、石上先生？」

「ああ、岡田さんの言うとおりだよ。ただしその尺八とハーモニカ、毎日のように手入れをして、きれいにしとかんといかん」

もう、石上と課長補佐は箸を置き、テーブルの端を両手で摑んでくっくっくっと笑いを抑えている。だが、藤川はあることに気がついていたので笑うどころではなかった。

（……昨夜、真夜中、尺八が鳴っていた。あの尺八の音と、この恵美という娘が尺八を吹くということと、なにかつながりがあるのだろうか）

藤川は箸を動かしながら恵美を観察した。石上と課長補佐とがいつまでも笑っているので、恵美はすこし困ってしまっているようだった。やがて恵美は助けを求めるように藤川を見た。だがその藤川が自分に刺すような視線を放っているのに気づき、ぽーっと上気した顔になり、調理場へ駆け込んでしまった。

2

朝食が終ると、石上は恵美に案内されて二階へあがった。石上はすこし眠るつもりのようである。課長補佐は高屋旅館へ引き返した。彼と市役所の運転手は最後まで高屋の二階座敷でがんばるらしい。

藤川は食堂の隅へ円椅子を持って行き、その円椅子の上にベニヤ板の壁を背凭れがわりにしてゆっくりと腰をおろし、開け放したガラス戸の間から往来を眺めていた。

「……あのう、藤川先生はどうなさいますか?」

恵美が調理場から出てきた。

「お風呂に入ってからおやすみになります? それとも、石上先生と同じように、そのまますぐにおやすみに……?」

藤川は、椅子に掛けるように、恵美に身振りで指示した。

「尺八のことでちょっと聞きたいことがあるんだがね」

「な、なんでしょう」

恵美は藤川とは反対側の隅にかしこまって坐った。

「なにか……」

「そうかたくなられると困るなあ」

「で、でも、わたし、じつは先生の小説の愛読者なんです。石上先生の小説はひとつかふたつしか読んだことがないんですけど、先生のは全部……」

「全部……?」

「え、ええ、文庫本で出ているのは全部、読みました」

「……そう。全部といっても文庫本ね」

「は、はい」

藤川はすこしがっかりした。この作家はデビューが遅かったせいもあって文庫本をまだ五冊しか持っていないのである。

「で、尺八のことだけど、あなた尺八が吹けるの」

「とても無理ですよ、先生。はじめたのが今年の四月でしょ、まだ三ヵ月ですもん」

なるほど、三ヵ月では無理かもしれない、と藤川は思った。いつかどこかで《首ふり三年、コロ六年、呂《ろ》の音《おと》、馬鹿野郎《ばかやろ》十三年》という言葉を耳にしたことがある。尺八は、首を振るのが様になるのに三年、コロコロと音を転がすことができるようになるのに六年、呂《ろ》の音を吹けるまでには十三年もかかるというかなり上達の難しい楽器である。三ヵ月ではまだ碌《ろく》に音も出せまい。となると、前夜の尺八は別のだれかが吹いたのか……。

「昨夜の真夜中、尺八の音を聞かなかった？」

「ああ、高屋旅館の女主人が殺されたときに鳴っていたという尺八の音ですね」

「そう」

「残念だけど聞き損ねちゃった。その時分にはぐうぐう眠ってました」

「あなたは尺八を持っている？」

「持っています。むろん、安物ですけど……」

「その尺八、いつもどこに置いてある？」

「家《うち》に置いてあります。気が向くと鬼哭川の岸や、裏山で稽古をしたりしますから」

「その尺八、なくなっていませんか？」

「あ、そうか。藤川先生は犯人がわたしの尺八を盗み出して、その尺八で、昨夜、『三谷《さんや》菅垣《すががき》』を吹いた……、とそうお考えなんですね？」

「そう」

「その考えは全然的外《まとはず》れ」

恵美は立って、店と調理場との間のカウンターの前に行き、カウンターの下の開き戸を引いた。

「ここに仕舞ってあるんです」

その戸棚には出前用の岡持《おかもち》がふたつ入っていた。岡持の横に細長い袋が立てかけてある。

「この袋の中がわたしの尺八……」

恵美は袋の中から竹の筒を二本とり出し、一本に繋《つな》いだ。

「ほうら。これです」

「ありがとう。……しかし、犯人はそれを持ち出して、用が済んだらそこへ戻しておく、という芸当をしたのかもしれない」

「どうしてだね」

「無理じゃないかなあ」

「持ち出すことはできても、返しておくことは時間的に無理です」

恵美は尺八の入った袋を元に戻し、足でパタンと戸棚の戸を閉めた。

「玄関にも鍵《かぎ》、この食堂にも鍵がかかっています。お父さんとわたし、今朝は五時に起されたんですけど、そのとき、鍵は全部、異常なし……」

「つまり賊侵入の形跡なしか」

「はい。そして五時からはずうっとわたしが調理場に居ましたし……」

「となるとその尺八の線を辿《たど》るのはみのりが薄いね」

「はい」

恵美は調理場に入り、すぐに土瓶《どびん》をぶらさげて戻って来、

「……どうぞ」

と、藤川の湯呑に茶を注いだ。

「や、ありがとう」

藤川は茶で口を湿《しめ》してから、

「ときに、あなたはどう思う？」

と、訊いた。

「加代さんを殺したのは、妹の小夜だと思うんだが、あなたは……？」

「ええ、それはあり得ます。でも……」

「でも……？」

「加代さんを殺そうと思っていた人間は大勢いますから、小夜さんだけを疑うのはどんなものかなあ」

藤川は茶に噎《む》せて、

「加代さんを殺そうと思っていた人間が大勢いた？」

「はい。まず、この鬼哭の里の百姓全員」

「ど、どういうことです、それは？」

「加代さんと小夜さんの姉妹のご先祖は成郷のご領主だったんです」

「それは知ってますが……」

「代々ひどく残忍な殿様ばかりでした。年貢の払えない者、隠田を拓《ひら》く者、一揆《いっき》を企む者、そういう百姓を片っぱしから捕えて、見せしめのために鬼哭川の水に漬けて殺してしまったんです」

「それが有名な水漬けの刑だね」

「ええ。この隣りに百姓家があったでしょ？」

「うん、あった」

「代々、善兵衛さんを名乗っているんだけど、江戸末期だったかしら、四代目だか五代目の善兵衛さんがこの鬼哭の里の奥沢というところに隠田をつくったんです。そしてこっそり隠田に水を引き、代掻《しろか》きをし、苗を植えようとしたところへ役人が乗り込んできました。『お上のお許しもなく私田を拓くとはまことにけしからぬ。さっそく埋め立ててしまえ』、役人はそう言ったそうです。『せっかく拓いた田を埋め立てろなんてむちゃくちゃです。わたくし奴《め》の切り拓いた二枚の田、お上にそっくり差し上げますから、どうか埋め立てることだけはご勘弁を……』と、善兵衛さんは地べたに額を擦《こす》りつけてお願いしました
……」

「その善兵衛さんの気持はよくわかるな。自分のものでなくなってもいい、とにかく自分の拓いた田を埋めてはくださるな、というその希《ねが》い、よくわかる。わが子同様の田、それを埋めたてるのはわが子をわが手で殺すほども辛い……、じつによくわかる」

「お役人は『口答えするとは言語道断！』と善兵衛さんを水漬けにし、おかみさんに『亭主のかわりに田を埋めよ』と命じました。でも、おかみさんも、田を拓くときの亭主の労苦を思えばとても田に土を撒《ま》くことはできない。それどころか、亭主の供養にと、無我夢中で苗を植えてしまった……。『百姓が田に稲の苗を植えてどこが悪い！』おかみさんはそう叫びながら役人に引き立てられて行きました」

「……それで？」

「水漬けの刑です」

「ひどいなあ」

「こういうはなしは善兵衛さんのところだけに残っているんじゃなくて、どの家からも、ひとりやふたり、水漬けになるものが出ているんです……」

「その恨みが蜿々《えんえん》と引きつがれ、いまにいたるまで生きているのだね」

「加代さんと小夜さんの姉妹のお父さん、おじいさん、そしてひいおじいさん、この人たちは大地主でした。この三代、やはりいずれもひどい人たちで、百姓たちにもっともっとひどいことをしています……」

突然、食堂の前へ、自動車がバックしながら走って来、タイヤを軋《きし》ませて停まった。

「藤川先生ッ……」

ドアが開《あ》き、課長補佐が転がるようにして出てきた。

「お、おそろしいことが起りましたわい！」

「どうしたんです？」

「鬼哭川を探索中の花村駐在が、いま高屋旅館へ人を走らせてよこしたんです。高梨医師を大至急、鬼哭橋へ連れてきてもらいたい、という言伝てを持たせて……」

「高梨医師を……？　すると小夜さんが?!」

「見つかったんですわ。水死体でね」

「やはり彼女は自ら鬼哭川へ身を投げたのか」

「い、いや、そうじゃない」

課長補佐はなぜかよろけて藤川にしがみついてきた。

「彼女も殺されたらしいのです」

「そ、そんな、ばかな……」

こんどは藤川がよろよろとなり、恵美は小声であっと叫んで円椅子に腰を落した。

「小夜さんが殺されたとなると、加代さん殺しの犯人は小夜さんではないということになりますよ」

「そ、それはそうですな」

「ほんとに小夜さんは殺されたんですか？　ただ死んでいたんじゃないんですか？」

「いや、たしかに殺されたらしい。といいますのはね、藤川先生、小夜さんは、鬼哭橋の、流失せずに一本残った橋げたに真裸で、しかも逆さに縛りつけられていたらしいんですよ」

「す、すると、例の水漬けの刑？」

「そういうことですな」

運転手がこっちへ顔を向けてクラクションを鳴らしている。後部座席には高梨医師がいた。

「早くしてくださらんか！」

高梨医師は甲高い声で課長補佐をせかした。

「わたしは検屍《けんし》をせにゃならんのだ」

課長補佐は手をあげて高梨医師を制し、

「先生、どうなさいます？」

と、藤川に訊いた。

「わたしどもと現場へおいでになりますかな」

「い、い、行きましょう」

藤川はうなずいて戸外へとび出した。が、すぐに食堂へ逆戻りして、まだ呆然として前方へ焦点の定まらない目を向けている恵美に、

「いまの話の続き、あとできっと聞かせてくれるね？」

と、言った。

「どうも、あなたのはなしがぐっと重みを持ってきそうな雲行きだ」

事件の究明

1

藤川と成郷市観光課の観光課長補佐岡田と鬼哭の里でただひとりの医師である高梨を乗せた車は、小夜の死体が発見されたという鬼哭橋に向ってかなりのスピードで飛している。そして車内には重苦しい沈黙が……、一向にないのである。

運転手は口を閉しているけれども、課長補佐と高梨医師は声高に将棋のはなしなどをして笑っている。

(いったいこれはどういうことか)

藤川は外を眺めながら首をひねっていた。真夜中から明け方にかけて二人の女が殺されているのに、課長補佐と高梨医師には、なぜ将棋のはなしをして笑い合うだけの余裕があるのだろう。藤川はまずここに疑問のようなものを感じた。小さな温泉町で連続二件の殺人事件、これは彼等にとって驚天動地の出来事のはずである。月並な表現をすれば二人とも「このはなしで持ち切り」になっていてしかるべきだろう。なのになぜこの二人は妙に落ち着いているのか。

(ひょっとしたら二人とも、加代や小夜が殺されるのを、前もって承知していたのではないのかしらん)

確証はなにひとつない。が、藤川はそんな気がして仕方がなかった。藤川にはもうひとつわからないことがある。それは「犯人側の計算」である。加代は己が経営する高屋旅館の浴場で殺されている。したがって当然、犯人が存在するはずだが、その犯人はついさっきまで藤川たちに〈小夜が実姉を殺し、その呵責《かしゃく》に耐えかねて鬼哭川に入水した〉と信じ込ませることにほとんど成功していた。ところが課長補佐のはなしによれば、その小夜は鬼哭橋の、流失せずに一本残った橋げたに真裸でしかも逆さに縛りつけられて死んでいるのを発見されたという。この事実は、加代殺しの犯人は小夜ではない、ということをはっきりと指し示している。これは犯人側にとって大いに損ではないか。さらにまた、犯人はなぜ小夜を橋げたに縛りつけて水漬けにしたのか。犯人はそのことによって、だれに、なにを言おうとしているのか。

藤川にはわからないことだらけであるが、あれこれ思案しているうちに、さっき、大橋旅館の、恵美という定時制高校四年生の言葉がひょいと藤川の心に蘇《よみがえ》ってきた。たしか、

恵美は、

「この鬼哭の里の農民全員が加代さんを殺したいと思っている」

と、言っていたはずである。

「岡田さん、ちょっと伺いたいことがあるのですがね」

藤川は助手台の課長補佐の肩を指先でこつこつと軽く叩いた。

「この鬼哭の里の戸数はどれぐらいです?」

「さようですなあ、五十二、三戸というところじゃないでしょうかねえ」

課長補佐は軀《からだ》をひねって藤川を看た。

「それがどうかしましたか」

「いや、どうということはありませんが、ちょっと気になりましてね。それで、その五十二、三戸のうち、農家はどれぐらいです?」

「三十戸前後です」

「たしか鬼哭の里の水田面積は五十町歩でしたね?」

「はあ」

「一戸平均一町六、七反か。一町六、七反というと中農クラスですね」

「そう言えるかもしれませんな」

「それで、どうです?」

「なにがですか?」

「農家の暮しぶりが、です」

「いいはずはないでしょうが」

課長補佐は怒ったような口調である。

「藤川先生は作家でいらっしゃる。作家ならご存知のはずです」

「しかし、作家はべつに百科事典ではありませんからねえ。ただ、日本人の自動車保有率は全世帯の三九・八%だが、農家の場合は四二%、電気冷蔵庫の普及率は全世帯の九六・五%に対して農家のそれは九六・八%と、いずれも平均を上まわっている。その程度のことは知っていますよ」

「すると、藤川先生は農民の暮しぶりは日本人の平均より上だとおっしゃるわけですな」

課長補佐はさも軽蔑《けいべつ》したようにふんと鼻を鳴らした。

「藤川先生は一町六、七反の水田からいくら収入があがるかご存知ないようだ。よろしいですか、たとえば一町六反歩の水田は、昭和四十九年ベースで年間百二、三十万円程度の金しか収入をもたらさんのです。中農の収入でその程度なのですぞ。いくら不況とはいえ、出版社の新入社員でも、ボーナスを入れればそれぐらいはとるでしょうが……?」

「まあね。それぐらい貰わないと生活できませんからね」

「百姓といえど事情は同じです！」

課長補佐は助手席の背凭《せもた》れを右手でバンバンバンと勢いよく叩いた。

「百姓も人間です。年間百二、三十万の収入じゃやっていけない。出版社の新入社員と較べると——べつに出版社の新入社員の方々を目の仇《かたき》にしているわけじゃありませんよ、ひとつの目度《めど》として登場してもらっとるだけですがね——とにかく、新入社員と較べると、こっちには女房子どもがいる、向うには昇給があるのにこっちにはない、などなど百二、三十万もらっても新入社員の生活は苦しいでしょうが、しかしこっちはそれ以上ですわ」

「がしかし、自動車や冷蔵庫の普及率はいい。これはどういうことでしょうねえ」

「まず出稼《でかせ》ぎですわ。このへんの農家のおやじは半年で平均五十二万ほど稼いできますな」

「次に兼業ですなあ」

高梨医師が鼻下の髭《ひげ》を撫《な》でながら課長補佐のあとを引き継いだ。

「成郷市はここ五年のあいだに、弱電工場をふたつ、機械工場を四つ、繊維工場をふたつ、誘致しておる。いずれも下請け工場ですが、つけ加えるまでもなく従業員の大部分が百姓です」

「農民たちは出稼ぎや工場で働いて得た金を自分で勝手に使えるわけではない、ということをここではっきりと申しあげておきたい」

課長補佐は妙に改まった口調になって、高梨医師にとられた話の主導権を奪い返した。

「成郷市役所の職安課で百姓たちの稼いだ金の使いみちを調べましたところ、四〇%が営農資金で、三〇%が借金返済ですわ。営農資金には、農協に返済する農機具の月賦代金も含まれておりますから、まあ、出稼ぎや工場で得た金の半分以上は借金返しと思っていいでしょうな。つまり、農民は農業を続けるためには、他所《よそ》で稼いでこなくてはならないわけですわ。他所で稼いだ金を注ぎ込むことによってはじめて農業が成り立っておるのです。ほかの農村ではどうなっているかしりませんが、この成郷市では、特にこの鬼哭の里ではそうなんですわい。これが鬼哭の里の農民の実態ですわ」

ここでまたひとつ藤川の心にひとつの新しい疑問が湧《わ》きあがる。それは、市役所観光課の課長補佐がなぜかくも情熱をこめて農民問題を語るのか、という疑問である。課長補佐もまた農民の伜《せがれ》なのだろうか。

「ところで、藤川先生、去年から今年にかけてじつに怖しいことが起っておるのですぞ」

課長補佐は声の調子をかえた。低い、秘密めかした声音である。

「不況のせいで出稼ぎがぐんと減っておるのです。もうひとつ、やはり不況のあおりで、例の誘致工場が軒並み店仕舞いをしておる。先にも申し上げたようにいままで農業は、いってみれば農民のアルバイトで辛うじて支えられておった。が、いまやそのアルバイトがなくなりつつある。藤川先生、この先、この鬼哭の里は、そして日本の農村はどうなると思います？」

「わ、わかりません。しかし、なぜそんなことになってしまったんでしょうね。なぜ、日本の農業は、農民のアルバイトなしでは支えられないようになってしまったのです？」

「まず第一に大企業の経営者たちに責任がありますなあ」

課長補佐の声がまた大きくなった。

「昭和三十五年から昭和四十年にかけて、経済同友会だの、経団連だの、日本商工会議所だのというところが、いわば日本の独占資本の代表どもが、日本農業に対して、さまざまな提言をしております。ちょっとばかり金儲《かねもう》けがうまいからって、農業に対してもの、をいおうなんぞ、思い上りもはなはだしいが、それはとにかく、連中の提案というのをまとめるとこうなりますかな。〈高度の経済成長を遂げるためには安い農産物が必要である。安い農産物を得るためには労賃を安くしなければならない。そこで農業を機械化するのが急務である。一方、農業を機械化すれば農業労働力が余る。これを他産業が雇い入れればよい〉。これが日本独占資本の代表どもの提案だった。この提案の背後には米国による強力な自由化の圧力がかかっていた……。こうして、農家は耕耘機《こううんき》だのコンバインだのを買わせられることになった」

藤川はこのとき、はっと思い当ることがあって、窓外の水田に目を向けた。前日の午後、篠《しの》つく雨の中を鬼哭の里に入ったとき、彼は〈なぜ、鬼哭の里の水田は、その一枚一枚がかくも大きいのか〉という疑問を抱いたが、その疑問がいま氷解したような気がしたのだ。

山地の田畠《たはた》は、たとえば四国の段畠のように、一枚一枚が畳一枚ほども小さいのが普通なのに、そしてその方が狭い土地をより有効に利用できるはずであるのに、なぜこの鬼哭の里の田は大きいのか。おかげで田と田との境は高さが一米《メートル》以上もちがい、田から田へ移るのに、一米も登ったり降りたりで、ずいぶん不自由なはずなのに、なぜそんな真似をしたのか。その理由が藤川にははじめてぴんときたのだ。

（機械を入れるためにちがいない）

と、藤川は合点した。田が小さくては機械にとっては都合が悪いのだ。

「……政府なぞはどうせ日本独占資本の手先です。独占資本の提言どおりに日本の農政が動きはじめた。機械と無機農薬の農業がこうして発足したわけですわ」

「な、なぜ、農民は、その農業の大型機械化に抵抗しなかったのです？」

藤川は反論を試みた。農民が被害者であることは百も承知であるが、藤川は〈一〇〇％

わたしどもが被害者でござい〉という、いまこの国で大流行の論法には批判を持っているのである。

「心ある農民、それに日本の農業を真剣に考える農学者たちはむろん反対しましたがな。しかし、そのたびに連中は〈国際分業論〉なぞを持ち出して、激しく圧力をかけてきたんですわな」

「……国際分業論というと？」

「これからの日本は高度の工業国として立てばよろしい、食糧は農業国から輸入すればよい。すなわち、ある国は鉱物を、ある国は工業製品を、そしてある国は農産物をと、それぞれ最も得意とするものを分担して生産し、それを貿易によってたがいに交換しあうという論ですわ」

「ああ、数年前まで大いに流行《はや》った論ですね」

「まさに大流行でしたわな。連中はこの論でおどかしをかけてきおったんです。つまり、つべこべ文句を吐《ぬ》かすと、農業なぞぶっつぶしてしまうぞ、とこうです」

「なるほど」

「第二の責任者は日本国民ですわ」

「はあ」

「サラリーマンたちはいっぱい何百円ものコーヒーを一日に二杯も三杯ものむ。月に一度か二度、キャバレーへ行き何千円というお金を使う。そして、一着、四、五万の背広を着る。一本一万二千円の舶来万年筆、数万円の舶来ライター、一足八千円の高級靴、そして、千円の入場料を払って映画館に入る。こんなに贅沢《ぜいたく》をしている人たちがどうして『米は高い』と口ぐせのように言うのか。丼一杯で二十九円五十銭なんですぞ。これはあきらかに農民蔑視《べっし》ですわ」

「第三の責任者は、日本の知識人たちですのう」

高梨医師は靴を脱いで座席に坐り直した。

「いったい知識人の役割はなんでしょうか？」

藤川は答えることが出来なかった。運転手の後頭部を黙ってみつめるばかりである。

「百姓は他の人間にかわって米を作ります。靴屋は他の人間にかわって靴をこしらえます。漁師は他の人間にかわって魚を捕えます。医師は他の人間にかわって生命を預かり、政治家はほかの人間にかわって行政を担当する。となると、知識人の仕事は他の人間にかわってものを考えることではないでしょうかな」

「か、かもしれませんね」

「基本的には、世の中がどうなったら暮しよくなるか、そのためにいまの状態をどう変えて行けばよいか、それを考えるのが知識人の役目ではないでしょうか。つまりですな、米や靴を作るのに忙しい人たち、魚を捕るのに一日つぶしている人たち、そういう人たちにかわって、世の中のことを考える、そのためにのみ、知識人は存在を許されておるのですわな。しかるに農業問題はいまの日本が抱えている最大級の難問のうちのひとつでありますから、知識人は農業について考えるべき義務があろうと思われるのですが、これがみなさん方、ずいぶんと怠慢で、小説家の先生方を知識人と言っていいかどうかわかりませんが、たとえば小説家では、有吉《ありよし》佐和子さんに野坂昭如さんぐらいのものでしょう、農業について考えておられるのは……」

「はあ」

藤川は小さくなった。この作家は、東北の農村出身であるにもかかわらず、これまで正面切って農業問題について考え、考えたことを自作のなかで展開したことなどないのである。

「……たいていの知識人は陣取り合戦に夢中のようで、まあ大方は偽者ですわ」

「すみません」

「とにかく、いろんな理由が重なって、いまのような状態になっておるわけですが、ひとことで言って、農民以外の人間は農民をいまだに虫けらと同じように考えている。国の方策如何《いかん》で、必要になったり必要ではなくなったり、農民は一や二や三や四にしかすぎない。決して五、六、七、八、九ではない……」

「………？」

「四捨五入というやつですよ」

高梨医師は淋しそうに笑った。この老人も、その出自《しゅつじ》を洗えば農民かもしれぬ。

「四以下は国の都合で切り捨てられる。農民は、その四以下の数字と同じことなのですわ」

きーっとタイヤを鳴らしながら自動車が停まった。

「や、鬼哭橋ですぞ。問題の現場ですわ」

課長補佐が藤川に告げた。が、藤川は答えなかった。車中で課長補佐と高梨医師のはなしを聞いているうちに、藤川にはまたひとつ閃《ひらめ》いたことがあって、そのことを夢中になって考えていたために、車が停まったことにも課長補佐の言葉にも気がつかないでいるのである。

では、藤川に閃いたこととはなにか。それは前の夜、高屋旅館の囲炉裏端《いろりばた》で課長補佐の洩した言葉で、こうである。

「加代さんが、この高屋旅館の女主人におさまったのは五年ほど前のことで、それ以前は、あの女《ひと》、この県の農業改良普及員をなさっておった。あれでも、国立大学の農学部のご出身ですわな」

そのとき、藤川は課長補佐に、「昔の領主の子孫、そして元の大地主のお嬢様である加代さんがなぜ国立大学の農学部などへ進学したのでしょうね」

と、たずねているがこれに対する課長補佐の答えは、

「加代さんは、この成郷一帯の田畑のことが気がかりだったんですわ。つまり罪ほろぼしのつもりだったんですな。自分の先祖である代々の領主たちは、とくにこの鬼哭地域の百姓に対して、苛斂誅求《かれんちゅうきゅう》をほしいままにしてきた。また、自分の曽祖父、祖父、そして父親たちは、地主としてこのへんの小作人たちに辛く当ってきた。だから自分はその罪ほろぼしをしよう。つまり別に言えば、今度こそ鬼哭地域の農民に仕合わせになってもらおう、というわけです。そのために最新最良の農業技術を学ぼう。そしてその技術を鬼哭の農民にわかちあたえよう……」

と、このようなものだった。

(加代が殺されたのは、彼女が農業改良普及員として、この鬼哭の農民に最新最良の技術、すなわち大型機械化農業の技術をわかち与えようとしたからではないか)

窓の外、車から二十米ぐらいはなれたところに男たちが十五、六人集《たか》っていた。男たち

の脚の間から筵《むしろ》をかぶせた戸板が見えている。戸板の上にのっているのは小夜の死体にちがいないが、車の中からでは小夜の死体までは見えない。藤川は戸板を覗《のぞ》き込んでいる男たちを眺めながら、推理を進めていった。

（……経済高度成長のための大型機械化農業を、加代は農業改良普及員として、このあたり一帯に強力に普及させた。だが、高度成長の終焉《しゅうえん》によって、加代の普及させた農法にも破綻《はたん》がきた。――どんな破綻がきたかはこれから調べるとしても、とにかく加代は農民たちに問いつめられる。農民たちにとって、加代はむかしの領主の子孫であり、元の地主の血を引くものである。代々の農民たちの恨みが一挙に爆発した。「なぜ、あんたの血はおれたち百姓の血をそれほどまで苛《いじ》めなくてはいけないのか！」というわけだ。小夜が水漬けの刑になったのも、加代と同じように小夜が領主の子孫であり元の地主の血を引いているからにほかならない。……そうだ、鬼哭の里の百姓たちには動機がある！）

ここまで考えをまとめてから、藤川は車を降り後手にドアを閉めた。ばたん！　というドアの音に、男たちが一斉に藤川の方を振りむいた。

2

「藤川先生、小夜の死体をごらんになりますかな？」

戸板の上にかがみ込んでいた高梨医師は、藤川の方を振り仰いで言った。

「小夜は間違いなく溺死《できし》ですがね……」

「そうですねえ」

藤川は筵を見おろした。

「あとあとなにかの参考になるかもしれませんから、ちょっと見せていただきましょうか」

藤川は高梨医師と並んでしゃがんだ。高梨医師がゆっくりと筵を持ち上げる。筵の下に小夜の顔があった。溺死体を見るのははじめてであるが、藤川は小夜の顔にすこしの変化も見受けられぬので肩すかしを喰ったような気持になった。

「まるで生きているみたいですね。ぼくは溺死体というからには、白豚のようにふくれ上っているだろうと思っていましたが……」

「それは何日も水に漬っていた場合でしょうな」

「それにしても、きれいなものですね」

「下腹部を見ないから、そんな暢気《のんき》なことをおっしゃっていられるのですぞ」

高梨医師はにやっと笑って、筵の端を摑《つか》み直した。

「下腹部は妊婦のように脹《ふく》れあがっとるですわ。よろしいですか……」

高梨医師はくるくると筵を巻きはじめたが、そのとき、戸板の向う側から筵を押えつけた男がある。

「見世物じゃねえ！」

男は小夜の亭主の畑中太一である。

「小夜は生きているときはストリッパーで他人《ひと》に裸を見せていた。だけど小夜はもう死んじまったんだ。もうストリッパーじゃない。おれの女房だ。だれにも二度と小夜の裸は見せない……」

藤川を睨《にら》みつけている畑中太一の両の目は真ッ赤に血走り、その上いまにも眼窩《がんか》から飛び出しそうだった。

「わかりました」

藤川は畑中太一に詫《わ》びた。

「たしかに小夜さんはあなたのものだ」

「太一さん、市役所の車を使っていいよ」

課長補佐が畑中太一の横にしゃがんだ。

「小夜さんを後部《うしろ》の席《シート》にのっけて運んだらいい。そうなると藤川先生は助手台に乗っていただかなくてはなりませんが……」

「ぼくはぶらぶら歩いて帰りますよ」

「しかし、先生、大橋旅館まで三、四十分はかかりますよ」

「構いません」

藤川は立ち上った。とたんに目の前が薄暗くなり、その薄暗いなかに無数に星が現われた。考えてみれば前の夜からあまり眠っていない。立ち眩《くら》みが出てもふしぎはない。

「……考えたいことがあるんです。考えごとをしながらぶらぶら歩いて行きますよ」

二十歩ほど行くと鬼哭川の岸だった。水量は前日の夕景とほとんど変っていない。前日とちがうのは、上流から木の根や立木が流れてこないことぐらいである。

ずんぐりした男がひとり、川岸を上流へ行ったり下流へ戻ったりしながら、なにか探している。よく見ると、男は駐在の花村である。

「犯人の目星はつきましたか」

藤川は花村の傍へ行き、並んで歩き出した。

「皆目、見当がつきませんわ」

花村は腰の手拭を抜いて、額の汗を拭いた。

「ただ、明らかなことは……」

「なんです?」

「小夜が加代さん殺しの犯人ではない、ということと、犯人は複数だということ」

「犯人複数説ですか。ぼくも同感だな」

「なにしろ、小夜はあの橋げたに逆さに吊り下げられておったのです」

花村は川の中に立っている木の柱を指さした。岸から柱まではおよそ二米。柱はその先端を五十糎《センチ》ばかり水面から出している。

「……小夜はまず岸で犯人たちによって別の丸太に縛りつけられた。そして次に犯人たちは、小夜を縛りつけてある丸太をあの柱にくくりつけた。これは大仕事ですわ。男手がすくなくとも三人はいる」

「三人じゃ足らんでしょうね。おそらく三十人……」

「三十人?!」

おどろいた拍子に花村は足を滑らせた。藤川は咄嗟《とっさ》に花村の手を摑んで、転倒するのを防いでやった。

「いやあどうも」

花村は頭をさげながら、こんどは首筋の汗を拭いた。

「しかし、藤川先生、三十人とはまた張り込んだものですな」

「根拠はあるんです」

「信じませんよ、わたくしは。藤川先生は鬼哭の里のことを全くご存知ない。だからそういう荒唐無稽な数字をおっしゃるのですわ。よろしいか、この鬼哭には成人男子は六十人前後しかおらんのですぞ。六十人のうちの三十人が犯人?! そんなばかなことがあってたまりますか」

「とにかく、ぼくはこの里の戸主たち全員に逢ってみたい。それも全員を一堂に集めて……」

「はあ。それはできない相談じゃありませんよ。ほれ、昨夜、鬼哭温泉ミュージック・ホールに両先生をお招きして餅振舞いをさせていただきましたが、そのとき、小学校分校の島原先生が、鬼舞いうんぬんと申しておりましたでしょう?」

「ああ、岩手県花巻市の鬼劔舞《おにけんば》いと並び称される日本二大鬼舞いのうちのひとつとかいう、あれですね?」

「はい」

花村はうれしそうにうなずいて、

「花巻の鬼劔舞いよりもずっと迫力がある、と言ってくださる方もおりますが、その鬼舞いを今日の午後一時から、両先生のために、例のミュージック・ホールで演《や》らせていただくんですよ。鬼舞い連は三十名。いずれも、農家の戸主で……」

「そいつは願ったり叶《かな》ったりです」

藤川は花村の手をしっかりと握って、頭をさげた。

「農家の戸主三十名か。こいつはいい」

「なにがいいのか、わたしにはよくわかりませんな」

「おあつらえ向きとはこのことです。では、そのときに」

藤川は鬼哭川の岸を上流《かみ》に向って歩き出した。背後《うしろ》でエンジンの音がした。見ると市役所の黒塗りの車が走り出すところである。助手台の窓からは課長補佐と高梨医師が、後部座席の窓からは畑中太一が、じっとこっちを見守っている。

（……岡田さんと高梨医師がこっちを見ているのはわかる。しかし、あの畑中太一になぜこっちを見る余裕があるのだろう？　やつは妻の死で頭がいっぱいのはずではないか）

藤川の心にまたひとつ新しい疑惑が生じた。


鬼哭川に沿って小一時間歩き、藤川はちょうど九時に大橋旅館へ帰り着いた。

「……どこをほっつき歩いとったのだね？」

石上克二が食堂でビールを飲んでいた。

「はあ、ちょっと考えごとを……。でも、石上先生、ずいぶん早くお起きになったものですね。おやすみになってからまだ、二時間もたっていませんよ」

「成郷市のホテルにいる漫画家の立川君から電話が入ったのだよ。それで起されちまったのさ」

「立川さんがなにか？」

「やつめ、K新報に顔をきかせたらしい」

K新報というのは、東北地方の代表的な新聞である。

「で、K新報はここへヘリコプターを飛ばしてくれることになった。つまり、わたしと君をヘリコプターで救出しようというわけさ」

「そりゃあ、よかった」

「ああ、このくそ面白くない温泉ともあと数時間でお別れだよ」

「それでヘリコプターは何時にここへ？」

「三時だそうだ」

「そりゃあ、ますますいい」

「なにがいいものかね、藤川君……？」

石上は眉と眉の間を寄せて、不機嫌そうな顔になった。

「こっちにしてみれば、いますぐにでも迎えに来てもらいたいところだぜ」

「いや、じつは午後一時から鬼哭温泉ミュージック・ホールで地元有志の鬼舞いがあるんです。それにわたしたちは招待されるはずで……」

「そんな代物《しろもの》、見たくもないね」

「いや、じつは失踪《しっそう》中の小夜が発見されましてね。……他殺でした」

「知っとる」

石上はうなずいてみせた。

「ここの娘から聞いたよ」

「ということはこれは連続殺人事件ですが、この犯人をどうやら、ぼくは突きとめることができました」

「ほんとかね」

石上は口のまわりに付いたビールの泡《あわ》を浴衣の袖で拭いながら、軀《からだ》を乗り出してきた。

「だれだね、犯人は？　わたしもほんの数時間だったが、加代殺しの容疑者に仕立てあげられておる。したがってこの件には少からず興味があるのだ。藤川君、言いたまえ。いったいだれが……？」

このとき、戸外《そと》から恵美が入ってきた。恵美は両腕に十三、四冊、本を抱えている。

「石上先生、すみません」

恵美は本をビールびんの横に置いた。

「通りを歩いていたら、たちまちこんなに頼まれちゃって……。石上先生、サインをおねがいできますか？」

「いいとも」

石上はビールびんとコップを隣りのテーブルに移した。

「硯《すずり》と筆を持っておいで」

「はい」

恵美が調理場を通り抜け、旅館の方の帳場へ駆けて行った。

「藤川君、いまの話だが、だれだい、犯人は？」

「鬼舞い連はここの農民たち三十数名で構成されておりますが、犯人はその全員ですね」

藤川は、ここの農民たちに加代と小夜を殺すだけの動機があることを、石上に手短かにはなした。

「……つまり、アガサ・クリスティ女史に『オリエント急行殺人事件』という名作がありますね。あれの、日本版。いや、東北農民版です」

石上はただ呆《ぼう》っと藤川を見つめている。

「一時の開演までにはまだ時間がありますから、あちこち聞いてまわって傍証をかためるつもりですが、大筋のところは間違っていないと信じています」

石上はこんどは口をぱくぱくさせた。ただし、声は出ないようである。

「鬼舞いが終ったところで、連続殺人事件の謎《なぞ》を一気に解明する……。おもしろくなりますよ」

「……じ、じつに奇妙な暗合だ」

ようやく石上の口からまともに声が出た。

「藤川君、これは怖しい暗合だよ」

「ど、どうしたんです？」

「わしは十年ほど前に『三十人の刺客』という題名の長篇《ちょうへん》推理小説を書いておる。じつはいま、ここの娘が持ってきた本のなかにそれがあるのだ」

石上はテーブルの上に重ねてある書物の山の中から、一冊抜き出して、藤川の前へぽんと置いた。装幀《そうてい》は黒一色、題名と著者名が白く抜いてある。発行所は文潮社。

「白状すると、この小説はいま君の言った『オリエント急行殺人事件』に刺激を受けて書いたものだ。もっともそれではすこし恥しいのでね、忠臣蔵も下敷にしてあるが」

「……で、この小説のおおよその筋《プロット》は？」

「ある化学工場の工場長が惨殺される。犯人は三十人、その工場の廃棄物のせいで、夫や妻や子ども、それから親を失った者たちが協同で、殺人を企てるというはなしさ。工場の廃棄物とその病気との間には因果関係がない、と主張して言い逃れを計る工場長を、全員で寄って集《たか》って殺すわけだ……」

たしかに設定は似ている。が、いったいこれは偶然だろうか、それとも犯人たちは、石上の『三十人の刺客』を読み、それを意識しているのか。そして、もし意識しているとするると、その狙いはなにか？

空はうららと晴れ上り、裏山では鳥が啼《な》き、まことに鬼哭の里は平和そのものだが、その底に邪悪な試みが巧みに隠されているのを感じ、藤川は額にうっすらと脂汗をかいていた……。

事件の核心

1

「ごめんなさい、石上先生」

両手で捧《ささ》げるようにして大きな硯箱を持った恵美が、調理場のドアを肩で押して店に戻ってきた。

「筆なんてめったに使わないでしょう。それで探すのに時間がかかっちゃって」

恵美は硯の上に水差しの水をちょろちょろっと垂らし、ごしごしと墨を磨《す》りはじめた。恵美の右手が規則正しく、そして勢いよく前後に動く。それにつれて彼女のブラウスの下の胸がゆさゆさと揺れる。また、すこし後へ引き気味の大きな腰が胸のふくらみの揺れとはわずかに遅れながら律動的に、突き出され、引っ込められしている。あの小夜の腰の動きには粋な艶っぽさがあったが、恵美のそれはもっと直線的で逞《たくま》しい。いってみれば健康な艶っぽさだ。藤川は恵美の背後にまわり、己れの腰を彼女の腰にしっかりと密着させて

はげしく突き動かしてみたいという欲求を突然に感じた。が、すぐに、

（こんなことを考えるようでは、おれは相当に疲れているな）

と、反省し、強く二、三度、首を振って、その不埒《ふらち》な考えを頭から払い落した。

「どうしたんですか？」

恵美はあいかわらず逞しく腰を振りながら、石上と藤川を見た。

「なにをぼんやりしてらっしゃるんです？　お二人ともお加減でも悪いんですか？　仁丹がありますよ」

「い、いや、仁丹などいらん」

石上が手を振った。

「ちょっと考えごとをしておっただけだよ」

「考えごとって？」

「うむ」

石上はうなずいて、テーブルの上の、例の『三十人の刺客』をぽんと指で弾《はじ》いた。

「この本の持主はだれかね？」

「あ、それね。それは島原先生のご本です。ほら、小学校分校の先生の……」

藤川は、前夜、鬼哭温泉ミュージック・ホールでの餅振舞いの席上で逢った島原という

長身の男の、白くて広い額を思い泛《うか》べた。島原は、石上克二の全作品を、それこそ地方新聞の随想欄に書く片々たる雑文に至るまで、集めていることを得意気に語っていたが、なぜ『三十人の刺客』に署名を頼んできたのか。筆の速いことで知られているこの文壇の重鎮作家は、これまで二百冊に近い本を世に送り出している。その夥《おびただ》しい数の本の中から、成功した作品とは決していえない『三十人の刺客』を特に選び出し、それに署名を乞おうとする島原の真意はなにか。

「その島原という小学校の先生が、あんたにこの本を托《たく》したときの情況はどんなだった？」

「この六、七軒先に小学校の分校があるんです。教室がふたつに職員室、それから応接室。これだけしかない、ちっちゃな木造建てですけど」

「それで？」

「この分校の隣りに小さな運動場があって、その運動場の、通りに面したところに、平屋の家が建っています。それが職員宿舎、つまり島原先生の家……」

「どうも、君の話はまどろっこしくていかんな」

石上は恵美を急《せ》きたてた。

「もっと単刀直入にずばっと要点を言えないのかね」

「焦《あせ》っちゃだめですよ、石上先生」

恵美は磨れた墨でてろてろに光った硯を石上の前に置いた。

「物には順序というものがあるんですから」

恵美は新品の毛筆の鞘《さや》を外し、皓《しろ》い前歯で穂先を軽く嚙《か》みながら、

「それで、わたしが島原先生のお家の前を通りかかると、先生はちょうど分校へ出かけるところでした。『おはようございます』って挨拶すると、先生はこう言ったんです。『石上先生と藤川先生が恵美ちゃんところへ宿替えをなさったそうだね。それでお願いがあるのだが、両先生に署名をいただいてくれないか。わたしのところに、里の人たちから両先生のご本がだいぶ集まってきている。みんな署名が欲しいらしいんだ。わたしはすでに昨日、署名をずいぶんいただいているし、またお願いしますじゃどうにも厚かましすぎるから、恵美ちゃんに頼みたいのだよ』。そして、先生は家へ引き返して、玄関の下駄箱の上に積んであった本をわたしに持たせたんです」

「すると、この『三十人の刺客』は、下駄箱の上に積んであった本の中の一冊、というわけか」

「いや、そうじゃないんです。その、石上先生の『三十人の刺客』と、それから……」

恵美は、テーブルの上の本の山の中から、薄茶色のハトロン紙のカバーのかかった、や

や厚手の本を抜き出した。

「この、藤川先生の『おれたちと睦《むつ》ちゃん』の二冊は、島原先生が茶の間の書棚をずいぶん長い間探して抜き出したものなんです」

『おれたちと睦ちゃん』というのは、藤川の最新の長篇である。幕末期、睦ちゃん、すなわち明治天皇を京の御所から攫《さら》って徳川方の玉印《ぎょくじるし》にし掲げ、幕府の勢いを盛り返し、《幕政再復古》を志そうという、いささかずれた五人の、貧乏御家人の伜《せがれ》たちの冒険譚《たん》で、これまでの幕末に素材を得た小説がほとんどといっていいほど、西南雄藩出身の、世の行先を洞察する力を持ったご立派な若者たちを主人公にしているのに対抗し、幕府方は御家人の、世の中の先を読むどころか一寸先は闇のぼんくらな若者たちを主人公にした作品で、藤川はこれを気に入っていた。気に入っているどころか、自分の作品の中ではもっともましなもののひとつであると考えていた。このような山間《やまあい》の、寂《わび》しい温泉郷に、自分でも気に入っている小説を、ハトロン紙のカバーをかけて大切に読んでくれている人がいる……。

藤川はうれしくなった。

「すると、その島原という分校の先生は、この二冊を長い時間かけて書棚から選び出したというのだね」

石上は『三十人の刺客』の扉に、右上りの癖字で、自分の名前を記している。

「ええ。『どうしてもこれでなくちゃ』なんて言いながら、その二冊をわたしの腕の上に載せたんです」

「どうしてもこれでなくちゃ……か」

石上は筆を宙に浮かせてしばらく店の前の通りを茫《ぼう》と眺めていたが、やがて藤川に、

「わたしの『三十人の刺客』という推理小説は、藤川君の唱える犯人三十人説と適《あ》う。だが、君の『おれたちと睦ちゃん』という小説は、どうなのだろう、やはり犯人三十人説と、どこかで符合するところがあるのかね？」

と、訊《き》いてきた。

「じつはわたしはまだ君のその『おれたちと睦ちゃん』というのを読んでおらんのだ。出版社から送ってはもらったのだが……」

「おあいこですよ、石上先生。ぼくも石上先生の御作を拝読したことがあまりありませんし……」

「とにかく、君の犯人三十人説と君のその小説との関連はどうなのだ？」

石上の口調がとげとげしくなった。

「余計なことは言わんでよろしい。それについてだけ答えてくれたまえ」

「関連はないと思います」

藤川は首を横に振った。幕末期に素材を得た自分の小説と、昨夜から今朝にかけての加代・小夜殺しとの間には、すくなくとも今のところ、どのような共通項も見つけ出すことはできない。

と、そのときである。戸外《おもて》の通りで「ポンポン、ポンポン」とチャイムが鳴った。かなりの音量だったので、石上と藤川はぎょっとなって目を戸外《おもて》に向けた。

「鬼哭温泉鬼舞《おにま》い連《れん》のみなさま、今朝十時より、鬼哭温泉ミュージック・ホールで、鬼舞いの稽古があります。鬼舞い連のみなさまは定刻までにミュージック・ホールにご集合ください」

ちょっと鼻にかかった女の声が通りに響き渡った。

「いまのは農協の出張所の有線放送なんです」

びっくりして目を剝《む》いている石上と藤川を見て恵美が笑っている。

「べつに都会の人が珍しがることはないと思うけどなあ。都会にも街頭放送というのがあるでしょう」

「どこにあるのだい、その農協の出張所は？」

藤川が訊いた。

「この近くかい？」

「ええ。小学校の分校の四軒先です。大久保花江さんという事務員の人がいつもいますけど。いまのは、その花江さんの声です」

「よし」

藤川は勢いよく立ちあがった。

「ちょっと覗《のぞ》いてこよう」

「急にどうしたんだね?」

石上が筆を握った手をあげて藤川を制した。

「君、署名もまだ済んでおらんだろう?」

「ふたつ仕事が出来たんですよ。署名はあとでします」

「仕事がふたつ、というと……?」

「ひとつは鬼舞い連三十名の動機調べ。むろん、加代・小夜殺しの、です」

「で、もうひとつは?」

「例の尺八の音、有線放送のスピーカーから聞えてきたんじゃないかと思うんですよ」

藤川は戸外《おもて》に出て、傍らの電信柱に設置された小型のスピーカーを見上げた。

「鬼舞い連三十名のうちのだれかひとりが、あの時刻に出張所にいてスピーカーから尺八の曲を流したのではないでしょうか。石上先生、わたしの犯人三十人説、いよいよ魚信《あたり》が強くなってきたみたいです」

みなまで言い終らぬうちにすでに藤川は大股《おおまた》に、通りを北へ向って歩き出していた。

2

農協の出張所は鬼哭温泉には珍しく、明るいクリーム色の建物だった。二階建てで高さと間口と奥行きがほぼ同じの立方体、いわばサイコロのようである。二階は集会所で、一階は事務室と応接室と小さな厨房《ちゅうぼう》。事務室では、若い女がひとり、机の上に肘《ひじ》をついて、週刊誌を眺めていた。

「あなたが花江さん？」

入口の戸が開けっぱなしになっていたので、藤川は声をかけながら敷居を跨《また》いだ。

「わたしは藤川武臣といいまして、そのう……」

「作家の……?!」

「そうです」

「まあ、夢を見ているみたい！」

花江は両手で胸を抱くようにして立ちあがった。大橋旅館の恵美とは対照的な軀《からだ》つきをしている。すなわち、なで肩に柳腰でほっそりしていて、胸のあたりも薄い。オレンジ色の細身のスラックスをはき、白のブラウスを着ている。顔も細面で眼が大きい。

「そ、それで、どんなご用件ですの？」

「いくつか質問があるんですがね、お邪魔ではありませんか」

「邪魔だなんてとんでもない」

花江は〈応接室〉という札のかかったドアのところへ飛んで行き、

「光栄ですわ」

と、ドアを押した。

「では、失礼します」

「さ、どうぞ」

土間に靴を脱ぎ、スリッパを引っかけて事務室を八歩で横断し、藤川は花江の横を通り抜けて応接室に入った。

「お、お茶を入れてきます」

花江はぼうっと上気した顔で応接室の隣りの厨房にかけ込んだ。それを見届けておいて、藤川はすばやく事務室に引き返した。藤川は壁際に、マイクロフォンやテープデッキやプレーヤーなどを見つけたのだ。

（これがつまり有線放送局だ。いったいテープやレコードはどこに置いてあるのだろう？）

プレーヤーの下の棚にダンボールの箱が押し込んであった。藤川はその箱を引き出す。箱の中にはカセットテープが三、四十個、無造作に放《ほう》り込んであった。村田英雄、三波春夫、美空ひばり、五木ひろし、ちあきなおみ、小柳ルミ子、青江三奈……。そして底の方に、藤川の予想していたものがあった。それは『尺八名曲集』。例の曲「三谷《さんや》菅垣《すががき》」もそのなかにおさめられている。

「なにをお探しなんです？」

背後で花江の声がした。

「い、いやちょっと、なんとなく……」

胡麻化《ごまか》して藤川は応接室に戻った。

「花江さん、この出張所の鍵《かぎ》はだれが持っているんです？」

「わたしです」

花江は藤川の前にお茶を置き、向い側に腰をおろした。

「わたし、朝の八時には出勤します。閉めるのは午後五時。でもそれがなにか？」

「すると昨夜も、ここの鍵は、あなたが持っていらっしゃったんですね？」

「昨夜は鬼舞い連の人たちが二階の集会所を使いたいというので、お貸ししました。で、鍵は今朝早く、真田《さなだ》さんがわたしの家へ返しに見えました。その鍵を持ってわたしが出勤してきたわけ……」

「真田さんというと？」

「鬼舞い保存会の会長さん、この鬼哭の里に二町歩の水田を持つ篤農家なんです」

「鬼舞い連の人たちは階上《うえ》の集会所をよく使うんですか？」

「そりゃもうしょっちゅうですわ」

花江は薄い唇をおちょぼにして突き出し茶を啜《すす》った。

「というのは、この鬼哭の里の農家は一軒のこらず鬼舞い連の構成メンバーだからなんです。つまり、鬼舞い連の集会は同時に全農家の集会にもなるわけ。ですから、いってみれば階上《うえ》の集会所は鬼舞い連のお城、本部ですね。鬼舞い連のほかには、劇団がときどき使うぐらい……」

「劇団？」

「ええ。『劇団・鬼』というアマチュア演劇グループが、シーズンになると連日のように階上《うえ》で稽古をするんですよ。この『劇団・鬼』は東北のアマチュア演劇界の名門なんです。なにしろ、これまでに二度も、東北アマチュア演劇コンクールに優勝していますから。もっとも去年はチェホフの『結婚申込』で参加して第三位でしたけど」

藤川はその日の未明、加代殺しの容疑者として鬼哭温泉ミュージック・ホールに軟禁されていた石上克二と共に、舞台の上手袖に放置してあった小夜の衣裳行李《いしょうこうり》の中を見たときのことを思い出した。衣裳行李の中には、たしかにチェホフ作『結婚申込』の文庫本があったはずだ。ストリッパーとチェホフとはまた妙な（ある意味ではなかなか粋な）組合せではないか、と不思議に印象に残っているが、すると小夜もその『鬼』というアマチュア劇団のメンバーだったのだろうか。

「……その劇団には、たとえばどんな人が入っているんです？」

「まず、昨夜殺された高屋旅館の加代さん。この加代さんがリーダー格だったんです」

藤川は目鼻立ちのはっきりしていた加代の顔を思い泛《うか》べた。たしかに加代の、あの顔はずいぶんと舞台映えがしたことだろう。

「妹の小夜さんはどうでした？」

藤川が訊いた。

「あの小夜さんもその劇団に入っていたんじゃありませんか？」

「ええ、まあね。劇団員だったといえばいえるし、でなかったといえば、またそうもいえますね」

「どういう意味です、それは？」

藤川は花江の、曖昧《あいまい》なもの言いが気になった。

「たとえば客員のような存在だったというのですか。あるいは、公演ごとに出たり入ったりというかたちの劇団員……？」

「そうですねえ」

なぜだかここで花江はにやっと笑った。

「加代さんと小夜さんはとても仲が悪かったんです。加代さんが活躍するようなお芝居のときは小夜さんは参加しない。逆に小夜さんが主役を勤めるようなときは加代さんが姿を見せない。つまり、劇団・鬼には、常にどちらか一方しか姿を見せなかったのです。もっともほとんどの場合、姿を見せないのは小夜さんの方でしたけど……」

後で思い返せば、右の花江の発言には重大な鍵、この姉妹殺しの謎をとく手がかりが隠されていたのだった。がしかし、藤川はそんなことは露知らず、はなしを先に進めた。

「劇団・鬼のメンバーには、他《ほか》にどんな人がいます？」

「小学校の分校の島原先生」

「なるほど。あの人は新劇の仲谷《なかや》昇という俳優にちょっと似ていますね。あれならちょいとした二枚目だ」

「お医者さんの高梨先生はいつも老《ふ》け役です」

「それで、演出はだれです？」

「市役所の岡田さん」

「というと、観光課課長補佐のあの岡田さん？」

「ええ」

これは意外だった。「演出家」という言葉の持っている知的な雰囲気と、くすんだ鯖《さば》色の、吊しの背広を着た田舎町の課長補佐とは、どうもなじまないところがあるのだ。

「成郷市が誕生して、たくさん記念行事があったんです。記念式典からはじまって、市の小学生による市制記念の提灯《ちょうちん》行列、それから、三日間にわたる郷土芸能の夕べ、そういったことをすべてあの岡田さんが、いってみれば構成演出なさったわけ。あれですごいやり手なんです。才能もあるんですよ」

「彼はもとから、市役所というか町役場の職員だったのですか？」

「仙台の、東北学院大学を卒業して、五年ばかり東北放送で働いていたそうです。テレビのディレクターだったんです」

ますます意外な前歴である。藤川は半ば呆れて花江の、よく動く唇を見つめていた。

「くわしい事情は知りませんけど、岡田さんの奥さんが、この成郷市の助役さんの末娘で、その義父である助役さんの引きで、こっちに就職替えをしたという話です」

藤川は湯呑から茶を啜った。茶はもう冷えていた。

「どうも質問が妙な方向へ逸《そ》れてしまいましたが、ここではなしを本筋に戻しまして、えーと、鬼舞い連と鬼哭の里の農民とはイコールだとあなたはおっしゃったが、これはたしかですね」

「ええ」

「では、鬼舞い連の、現在の正式な人数は？」

「ちょうど三十名」

「ということは、この鬼哭の里の農家数は三十戸というわけですね？」

「そうなります」

「それで、この戸数ですが、五年前とくらべてどうでしょう、ふえていますか、減っていますか？」

「減ってますわ」

「それを具体的に数字でいえばどうなります？」

「昭和四十五年、鬼哭の里の農家の戸数は四十五戸でした。それがいまは三十戸。つまりこの五年間に、三分の一も、農家が減ってしまったことになりますわね」

「その原因はなんだと思います？」

「元凶は政府の農政です。これははっきりしていますわ。まず減反政策、これで田ん圃《たぼ》を休耕した農家がたくさんあります。その当時でさえ、労賃俸給収入が農家所得の七〇％近くを占めていました」

「つまり、田ん圃や畑で作物を作り、それを売るということから得た収入がわずかの三〇％というわけですね？」

「ええ。ひどい話でしょう、これは。農民が本業で得るお金よりも、出稼ぎや工場勤めでもらうお金の方が多いんですからね。農民の意欲を殺《そ》ぐこと、おびただしい……」

「まったくです。そんなことでは、農業は職業として確立し得ない」

「そこへ、その減反政策です。麦を四〇〇万トンも輸入しておいて、米が六〇〇万トン余っているから百姓は米をそう作るな、とはひどいと思うんです」

「同感です」

うなずいた藤川の湯呑に花江は土瓶《どびん》の茶を注ぎながら、

「でも、政府には麦の輸入をストップできない事情がありました。たとえば、自動車を外国に買ってもらうために、逆に相手国の農産物を買い入れなくてはならないんです。わかりやすくいえば、自動車工業を支えるために百姓は減反を強いられたというわけですわね。……百姓たちのなかには農業を捨てるものが続出しました。一方、篤農家のなかには、畜産や、高級な野菜や果物を作って持ちこたえていこうと志した人たちもいます。これを選択的拡大といいますけど、この場合はどうしても、価格の高いもの、高級品をつくるという方向に行ってしまう。どの農家も比較的高級な品物ばかりつくりますから、ここに過剰生産という問題が生れてきます。それに、選択的拡大作目の大部分は、貿易自由化の波に洗われ、またまさに洗われようとしている品目なんです。とうてい、底力のある輸入農産物にはかなわない。選択的拡大の方向へ進んだ農家も結局はバタバタ軒並み総倒れ……」

花江のはなしに耳を傾けつつ、藤川はポケットから出した手帖《てちょう》に、この二日間に聞いたことをも混ぜながら、こう書きつけた。

〈I〉農業の機械化政策がもたらしたプラス面

㋑機械製造業や化学工業（農薬）に巨大な国内市場を提供した。

㋺農村労働力が余った。つまり、農村は低労賃労働者の源となった。そしてこの労働力が日本の高度成長を支える力のひとつとなった。（だが、高度成長は海外輸出以外に途《みち》のない商品を生み出し、その商品の輸出のために見返りとして日本政府は農産物の輸入を強いられ、その結果、食糧が余り、減反政策がとられ、それが農民の首をしめることになる）

㈧米がだめなので農家は高級な作目を手がけるようになる。また、野菜・果物の季節性が失われた。これは季節外の野菜・果物が高く売れるからである。（もっともこれがプラスだとは言えないかもしれない）

〈Ⅱ〉農業の機械化政策のもたらしたマイナス面

㈠機械化貧乏。

㈡農薬公害。

㈧働き手の出稼ぎや兼業化によって、主婦の労働が過重となる。

㈡〈Ⅰ〉の㈡との関連で、減反・作付制限政策。

㈭輸入農産物による選択的拡大作目の不振。

おしまいに藤川は、手帖に大きな字で次のように記した。

《不況によって、もはや出稼ぎ収入や兼業収入が期待できない。↓となると農村は潰滅《かいめつ》か》

「……これは農民自身の問題で、他へ責任を転嫁するのは間違いかもしれませんが、出稼ぎが原因で家庭が崩壊してしまったという例が六件ほどありますわ」

花江は喋《しゃべ》り続けている。

「大都会に出かけていった一家の主《あるじ》が、むこうで女を作り蒸発してしまったというのが二件、アル中で廃人同様になってしまったのが一件。さらに作業中に事故死した例が三件……」

「どんな世の中になっても農民が貧乏くじを引くことになっているんですねえ」

藤川は手帖をポケットに仕舞いながら立ち上った。

「しかも、ただ貧乏くじを引くのではない。資本を肥《ふと》らせるために貧乏くじを引くわけだ。なるほど、農民たちが加代さんたちを殺そうとした気持もわからなくはありませんなあ。なにしろ加代さんは農業改良普及員だった。いってみれば彼女は、農民たちにとっては『お上《かみ》』と同じ存在だったわけですからね」

「農民たちが加代さんを殺したですって？」

花江が怪訝《けげん》そうな顔をした。

「どういうことですの、それは？」

「一時に鬼哭温泉ミュージック・ホールへ来てみませんか。ご存知のように一時から鬼舞いの会があるのですがね、その席上、わたしは加代・小夜殺しの犯人を指摘するつもりですから」

それから、藤川は花江から〈鬼哭地区農協組合員氏名一覧〉という謄写版刷の紙を一枚貰い受け、元気よく外へとび出した。

3

一時まで、藤川は鬼哭の里を西へ走り東へ駆けしてなにごとか聞いてまわり、一時ちょっと過ぎに、鬼哭温泉ミュージック・ホールへ戻ってきた。ホールの内部《なか》に入ると、例の小学校分校の先生の島原が、舞台の上で喋っているのが見えた。

「……鬼の面をかぶって両手に撥《ばち》を持ち、首からぶらさげた太鼓を打って踊るという、わたしたち鬼哭の里の鬼舞いは、一見、あの有名な佐渡の鬼太鼓《おんでいこ》とよく似ているように思われます。がしかし、その演目をくわしく検討しますと、鬼の性格づけという点では大いにちがう。すなわち、わたしたちの鬼舞いの鬼は非常に優しいのです。人間を、というより百姓を、わたしたちの鬼は親しい友と見ております……」

石上克二は客席の真ん中にあぐらをかいていた。石上の左隣りには課長補佐の岡田、岡田のさらに左隣りには高梨医師がいる。藤川は石上の右隣りへそっと坐った。

「調べはついたかね？」

石上が小声で訊いてきた。

「ばっちりです」

藤川はうなずいてみせた。

「鬼舞い連には強力な動機があります。もうひとつ、鬼舞い連はひとりのこらず、昨夜から今朝にかけて、家を留守にしています」

「なるほど。それで、君の『おれたちと睦ちゃん』だがね、あの小説はこの集団犯罪とどういう関係があるのだい。それもわかったかね？」

「じつはそれだけはまだなんです……」

「そうか、まあいいだろう」

石上は舞台の上の島原へ視線を戻した。

「……鬼舞いの演目は、喜《き》・怒《ど》・哀《あい》・楽《らく》・怨《えん》と五曲あります」

島原は舞台の横においてあった黒板に、五つの文字を大書した。

「まず、一番の喜の曲ですが、これは鬼たちが秋の田を見に高塔山から麓《ふもと》へおりてくるところがはじまり、鬼たちは、どの田にも垂れた稲穂が黄金の波を打っているので喜んで踊り狂います。次の怒の曲、鬼たちが人間と仲よくしようと里へおりてくるのですが、鬼たちは案山子《かかし》を人間と見あやまってしまいます。鬼たちはいろいろと滑稽な仕草をして案山子を笑わせようとします。しかし、案山子は始終そっぽを向いたまま、それで鬼たちは腹を立てて山へ帰る、という筋《プロット》を持っております。三番の哀の曲、これは鬼たちの人気者だった村娘が、女郎に売られて行くというのが発端。鬼たちが哀《かな》しみの涙を流しながら、娘の面影を偲《しの》びあうところが山場の曲です。この、娘を偲ぶところで鬼たちの踊りが女振りになりますが、これは各地の鬼舞いにはないパターンで、たいへんに珍しいとされております。四番の楽の曲、里は豊年の祭で浮き立っています。高塔山の鬼たちのところへも、お祝の酒や食物が届けられました。鬼たちはそのお返しに里へ冬の薪《まき》を贈ることにします。そして、里から風に乗ってかすかに聞えてくるお神楽《かぐら》の囃子《はやし》に合わせながら薪作り……。おしまいの怨の曲、秋の収穫をのこらず領主に持って行かれてしまい、里には一家心中が出ます、それを鬼たちも怨《うら》んで、領主の館のある方角へさまざまな呪《のろ》いをかけるという踊りです。というわけで五番とも、里の人々への鬼の優しい心づかいが筋《プロット》の推進力となっております。まあ、なんですね、わたしたちの鬼はいわゆる鬼ではなく、山の精霊、荒ぶる神の、それは別称かもしれません。それでは、藤川先生もお見えになったことですし、さっそく鬼舞いをごらんに入れることにいたしましょう。喜・怒・哀・楽・怨の五曲を、つづけてお目にかけます。所要時間は四十分です……」

島原が石上と藤川に向って軽く頭をさげたが、それが合図だったらしい、場内の照明《あかり》がとおんと落ちた。そして、真後《まうしろ》の照明室からさっと舞台めがけて一束の黄色い光線が走った。一束の黄色い光線がぶつかったところに大きなまるい月があった。やがてゆっくりと舞台に光が溢《あふ》れ出した。

どどん！

どこどんどん！

舞台の両袖から太鼓の音がし、右からひとり、左からひとりと、鬼があらわれた。鬼たちの仕草は軽妙で、甲の鬼は三尺も跳び、乙の鬼はリンボダンスよろしく上体を深く後方に反らせて歩き、丙《へい》の鬼は跳び上っておいて軀を空中で二回もひねる。鬼たちのしなやかな身のこなしにおどろいているうちに、やがて全員が揃った。鬼たちは一列に並び、

とんとこ、とんとこ、とんとこ……

と、ぐっと抑えた撥さばきになり、忍び足でゆっくりと舞台をまわり出した。太鼓の音が低くなったのは、

〈里は近いぞ〉

という意味だろうか。

むろん、三十四の鬼たちの足さばきは一糸も乱れずに揃《そろ》っている。藤川は感心しながら、なんというつもりもなしに鬼が目の前を通るたびに、

（……一匹、二匹）

と、その数をかぞえていた。そして、数え終って、あれ？　と首をひねった。鬼が三十一匹いたのだ。農協の出張所の花江のはなしでも、また花江からもらった〈鬼哭地区農協組合員氏名一覧〉という刷り物でも、組合員、すなわち鬼は三十である。それがどうして三十一なのか?!

藤川はもう一度、鬼の数をかぞえ直した。やはり最初にかぞえたとおり、三十一である。

藤川はさらに足の数をかぞえた。これはちらちらと動くのでかぞえ難《にく》かったが、六十二本。やはり二本多い。不思議なことがもうひとつあった。六十二本の足のうち、六十本までは太くて逞しく毛深く色が黒い。だが、残る二本は、細く、毛もなく、色も白いのだ。

（……女の足だ）

と、藤川は心のうちで叫んだ。

（鬼舞い連に女がひとり混っている！）

事件の逆転

1

だいたい、鬼舞い連の人数は三十名のはずである。それがなぜ三十一と、一人多いのか。そして、その多い一名が女性であるのはなぜか。さらにこのことになにか意味があるのか。次から次へと湧《わ》いてくる疑問に首を傾《かし》げながら、藤川は鬼たちの打ち鳴らす太鼓の音を聞き、鬼たちの足の動きと、彼等が頭にいただいている羽毛が、あるときは激しく、あるときはゆるやかに揺れ動くのを眺めていた。

やがて、鬼舞い連の舞いは終った。鬼たちは舞台の床の上にでんと腰をおろしてあぐらをかき、撥を持った手を膝の上にのせ、面《おもて》を凝《じっ》と正面に向けている。どの鬼たちも、鬼面の顎《あご》の先から腹にくくりつけた太鼓の胴の上に、ぽたりぽたりと汗の雫《しずく》を滴らせていた。

「……以上で鬼舞い連は五曲をすべて演じ終えたわけでございます」

舞台の下手の袖から、小学校分校の先生の島原が揉《も》み手をしながら現われた。

「石上先生に藤川先生、いかがでございましたでしょうか？」

「まことに結構……」

客席で石上が立ち上った。

「思わぬ眼福にあずかりました。おそらくわたしはこの鬼哭温泉のことを一生忘れることはありますまい。その理由はふたつある。ひとつはただいまの鬼舞い、そしてもうひとつは連続二件の殺人事件……」

かすかに客席がどよめいた。それを黙殺して、石上は言葉を続けた。

「ただいまの鬼舞いは、鬼舞いというにはあまりにも心やさしい。この心のやさしさ、これは印象に残ります。しかし、二件の殺人事件はわたしの心に決して消えることのない深い傷を残しました。時間は鬼舞いのよさをやがて消してしまうでしょう。しかしいかに時間は忘却の王とはいえ、わたしの心の傷を癒《いや》すことはできないだろうと思う。なぜなれば、わたしは、こともあろうに、この鬼哭温泉で、生れてはじめて殺人事件の容疑者というようなものに祭りあげられ、はずかしめを受けたからです」

客席の目が一斉に駐在の花村に集中した。花村は下を向いて小さくなっている。

「わたしは決して忘れない、ここではずかしめを受けたことを金輪際忘れない。この恨みはきっと筆によって晴らすつもりです。すなわち筆誅《ひっちゅう》を加える決心です。それをいまから覚悟をしておいていただきたい」

石上は客席の花村を、そして、成郷市役所観光課の課長補佐岡田を、高梨医師を、きゅっと睨《にら》みつけ、畳の上に坐った。が、すぐに腰を浮かし、こうつけ加えた。

「なお、昨夜から今朝にかけて発生した二件の殺人事件について、藤川武臣君がなにか考えついているようだ。みなさんはそれを聞かれたらよろしかろう」

石上にかわって藤川が立った。

「石上先生とぼくは、あと一時間半後に迎えにやってくるK新報のヘリコプターで、この温泉を去ります。ここから仙台までヘリコプターで何十分かかるか、それはわかりませんが、いずれにせよ、仙台に着き次第、二件の殺人事件がここに発生したことを警察に報告するつもりでおります。そのときには、二件の殺人事件の犯人を指摘し、警察の参考に供する予定です……」

こんどは大いに客席がどよめいた。客席ばかりではない、舞台の上に一列横隊に腰をおろしていた鬼たちも、互いに鬼面をよせあってなにごとか囁《ささや》き交しはじめた。

「警察といえばわたしも警察のうちですわな」

駐在の花村が藤川の方を向いて坐り直した。

「藤川先生は誰が犯人だとおっしゃるのですかな。そしてその理由は？　どうかひとつ、わたしにお教えいただきたいもので……」

「いいでしょう」

うなずいて藤川は三歩ばかり舞台に歩み寄った。

「犯人は疑いもなく複数です。第一の殺人加代さん殺しですが、これにはすくなくとも二人以上の手が必要です。ひとりは加代さんを殺す。もうひとりはここから五十米《メートル》先の農協の出張所で有線放送に尺八の曲『三谷菅垣《さんやすががき》』を流す。距離的な関係もあって、このふたつを一人でやりこなすことは、ほとんど不可能です。さらに、小夜さん殺しにいたっては二人でも無理です。真夜中に、普段の数倍も水嵩《みずかさ》の増した鬼哭川の橋げたに、人間をひとり逆さにくくりつける、この作業にはおそらく十人以上の人手が必要だったはず。……わたしは最初から犯人複数説、いや複数というより集団説をとっておりました。そしてこの犯人集団説をますます確信しております」

「そ、それで、いったいだれが、だれがやったというのですかな」

駐在の花村が引き攣《つ》ったような声を出した。

「加代さんと小夜さんを殺したのは、だれとだれとだれだというのです？」

「下手な芝居はおよしになった方がいいと思いますがね、花村さん。犯人たちがだれか、あなたはそれをよくご存知のはずです」

花村は黙った。煙管《きせる》の火皿に、半分に千切った新生をつめ、徳用燐寸《マッチ》で火を点《つ》け、すっぱすっぱと紫煙をあげている。

「犯人たちを名指しする前に、動機について考えてみましょう」

藤川は上衣《うわぎ》の内ポケットから、文芸春秋発行の文芸手帳を抜き出し、パラパラとページをめくった。

「まず、織田加代さんとその妹の小夜さんが実の姉妹で、かつてのこの地方の領主であり大地主でもあった織田氏の末裔《まつえい》である、ということが重要です」

この殺人事件についてこまごまとメモしたページをめくりあてた藤川は、胸からビックの速記用のボールペンを抜いてそのページにはさみ、必要があればいつでもそこを開くことのできるようにしておいて、

「もうひとつ、加代さんが仙台の国立大学の農学部を卒《お》えて、昭和三十二年からごく最近まで、この地方の農業改良普及員だったということも、この殺人事件を解く主要な鍵です。この事実をどうか頭の片隅へ留めておいていただきたい。さて、この連続殺人事件はなぜ発生したのか……」

藤川は意識して声の量を落した。話術家徳川夢声の随筆に《重要なことを話すときに声を張りあげるのはかえって逆効果である。むしろ、声を落す方が一座の注意を惹《ひ》くことが

できるはずである》とあったのを不意に思い出し、そうしたのだった。一座の人たちの首が藤川に向って一斉ににゅうっと伸びたようだ。

「……便宜上、時代を江戸と、明治から昭和二十年までと、昭和二十一年の第二次農地改革諸法令公布以降の、三つに分けて考えてみましょう。江戸時代、領主織田氏はこの成郷一帯に、とりわけこの鬼哭の里にどのような政事をほどこしたか。これはむろん、みなさんの方がよくご存知でしょうが、ひとことで言えば苛斂誅求《かれんちゅうきゅう》、まったくひどい年貢の取り立て方をしております。年貢を滞らせるとどうなるか、領主織田氏はそれを徹底させるために、水漬けの刑などというむごい刑罰まで発明したほどです。明治から昭和二十年まで織田一族は大地主としてこの地方に君臨しました。彼等がどのような地主だったか、それは昭和初期の東北大飢饉《ききん》のときに、山形県西置賜郡《にしおきたまぐん》小国村《おぐに》とこの鬼哭の里とが、娘を女郎に売る件数では常にトップを争ったという記録からも窺《うかが》い知ることができると思います。餓死者の数もこの地方は東北一の高率で、しかも、その頃、織田家は成郷に私立美術館を開館している。この美術館は現在、さる大企業の所有になっていますが、中国陶器の系統的な蒐集《しゅうしゅう》で知られております。つまり、織田家は、小作人たちが娘を売ったり、それでもしのげずにほとんど餓死しかけているときに、彼等に対して救いの手を差しのべることもせず、陶器集めにうつつを抜かしていたわけで、これはずいぶん百姓たちの恨みを買っただろうと思われます。ところで加代さんは、織田家の人としては珍しく、人間らしい気持を持った女《ひと》でした。先祖が百姓たちに対して行ったひどい行為を千分の一、万分の一でもつぐなおうとして彼女なりに全力を尽したのです。国立大学の農学部に進学したのも、そしてそこで得た最新の農業技術を農民たちにわかとうとして農業改良普及員になったのも、彼女のそういった気持のあらわれでした。しかし、皮肉なことに彼女の努力はすべて裏目に出ました。つまり彼女の推進した最新の農法とは機械化農業だったんですね。むろん、これは経済同友会だの、経団連だの、日本商工会議所だのというところが、いわば日本の独占資本の代表たちの推し進めた農業政策で、彼女にそれほどの責任はないのですが、しかし、この鬼哭地域の農民たちは、農業改良普及員である彼女を恨んだ。『江戸時代から今日まで、織田の一族のために、自分たちはこんなにまで苦しめられてきている。この仕返しはしなければならない』……、そういうことになった。農業の機械化政策のもたらしたマイナス面は、機械化貧乏、農薬公害、働き手の出稼ぎによる家庭の崩壊、減反・作付制限、選択的拡大作目の不振などなど、数えあげれば際限《きり》がありませんが、そういったマイナスを農民たちはすべて農業改良普及員の加代さんの責任であると考えていた。……事件はまさにこの農政破産を背景に発生したのです」

「……すると犯人は鬼哭地域の農民たちである、とおっしゃるわけですな」

花村は小さな木箱の内側にトタン板を張った灰皿に、ポンと煙管を叩きつけた。

「すなわち、鬼舞い連が犯人だと、こうおっしゃるわけで……？」

「いかにもそうです」

藤川は舞台の上の三十一匹の鬼たちを左から右へ、それから右から左へゆっくりと眺めまわした。

「犯人はこの人たちです。この人たちが加代さんばかりではなく小夜さんをも殺したのは、旧領主織田氏、旧地主織田家に対する復讐《ふくしゅう》のためです。鬼哭地域の農民は三十名ちょうどしたがって鬼舞い連も三十名ちょうどであるはずなのに、鬼が三十一匹いる。つまりひとり余計です。それがなぜかはわたしにはわかりませんが、この人たちが加代・小夜連続殺人事件の犯人なのです。ついでに言っておきますが、わたしは午前中かかって昨夜から今朝にかけての、鬼舞い連のみなさんのアリバイを当ってみました。すべて家族の方たちの証言ですが……」

藤川はズボンの右の尻のポケットから、農協出張所事務員の花江からもらった《鬼哭地区農協組合員氏名一覧》を引っぱり出し、

「……鬼舞い保存会の会長の真田武良《たけよし》さん」

と、一番上に書いてあった名前から呼び上げた。

「あなたは昨日の五時に、鬼舞い連の寄り合いがある、と言い置いて家を出て、今朝の六時に家に戻っておられる。この十三時間、あなたはどこでどうしておいでになったのです?」

鬼たちの中の、中央の一匹がゆっくりとした仕草で鬼の面を外した。鬼面の下から陽に灼《や》けた中年男の顔があらわれた。

「真田さん、答えてください」

だが、彼はにいっと皓《しろ》い歯を剝《む》いただけである。

「……安倍健、氏家悟、小笠原和之、金子不可止《ふかじ》、菊地敬一郎、千葉和義、八重樫《やえがし》万佐夫、増子章、丹野茂、高橋大八郎、この十名の方々は、昨日の午後七時から今朝六時まで家を留守にしておられる……」

鬼たちの中の十名が鬼面を顔から外した。

「あなた方もどこでどうしておられたのです?」

やはり答えはなかった。

「……さて、これから読みあげる十四名は、昨日の午後九時から今朝の六時まで家を空《から》にしていた方たちです。……阿部勉、一迫直文、大友洋、鎌田卓郎、斉藤昇一、伊藤真一、大槻文治、川合安、鬼原重治、坂本健吉、志田慶太郎、班目仁、丹野一成、高橋秀一さらに十四名が鬼の面《つら》から人間の顔に戻った。

「あなた方は……、いや、聞いても答は返ってこないでしょうね。さて、残りの五名は、家を出たのが昨日の午後十一時です。そしてやはり今朝の六時にご帰宅になっている。相沢浩一、鬼原合治、斉藤富士男、増子信行……」

四名が鬼の面を外し、残るはたったの一名、例の、細く、毛の薄い、大根のように白い色の足の鬼だけである。

「……以上三十名が鬼哭地区の全農民。加代・小夜殺しの犯人はあなたがたであることは歴然としている。わたしももとは東北の百姓の伜《せがれ》です。したがってみなさんのお気持がまんざら分らぬわけでもありません。出来れば見て見ぬ振りをしてここを立ち去りたい。がしかし、人間が二人も殺されておりますし、わたしの大先輩にして同業者である石上克二先生が、数時間、容疑者扱いされたという事情もあり、やはり見て見ぬ振りはできません。わたしは仙台の警察に、事件のすべてを報告すべきであると考えております。どうか、わたしをお恨みになりませんように。みなさんのお気持はよく分りますが、とにかくあなた方は二人の人間の命を奪っている。あなた方はやはりその責任をとらなくてはなりますまい……」

……」

喋りながら藤川は、次第になんとなく落ち着かなくなっていった。一匹残った鬼が気になるのである。自分の推理が真実を衝《つ》いているはずだという自信が、白い足の鬼を見るたびに大きくぐらつくのだ。

「……もしも、わたしの推理に反論があれば、もちろん伺います」

藤川はハンカチで汗を拭いながら石上の横に坐った。

2

「昨夜から今朝にかけて起った二件の殺人事件を仙台の警察に報告なさるのは、おやめになったほうがよござんすよ」

しばらくしてから課長補佐が立ちあがった。

「藤川先生が恥をおかきになるばかりですがな」

「な、なぜです？」

藤川はまた立ち上った。

「どうしてです？」

「と、いいますのはですな」

課長補佐は舞台の上の鬼に向って手を振った。

「……そこの鬼さん、もう面を外してもよござんしょう！」

白い足の鬼はひとつ大きくうなずき、坐り直して正座になった。そして、ゆっくりと鬼の面を外しにかかった。面の下から現われたのは、高屋旅館の座敷に北枕で安置されているはずの加代だった！

「……か、か、加代さん！」

「あ、あんた、なぜ、こんなところに！」

藤川と石上が同時に叫んだ。

「い、いったいこれは……」

「ど、ど、どういうことなんだ?!」

「ジス・イズ・エンターテイメント」

加代は二人に向ってお辞儀をし、それから軽く片目をつむってみせた。

「いってみれば、お楽しみ……」

「お、おた、お楽しみだと?!」

「ええ。わたしたち、先生方を連続殺人事件にご招待申し上げたんです。あの凄《すこ》い雨で鬼哭橋が落ち、先生方はテレビさえもない山の中の小さな温泉に閉じ込められてしまった。きっと退屈なさるにちがいない。でも退屈させてはお気の毒……。そこで、みんなでない智恵を絞って架空の殺人事件をでっちあげたわけ……」

「それにしても藤川先生、先生の推理はなかなかお見事でしたよ」

まだ呆然として突っ立っている藤川に課長補佐が言った。

「じつはわたくしども、まことに僭越《せんえつ》でしたが、架空の殺人事件を通して、お二人にいまの日本の農業事情をすこし勉強していただきたいと思っておったのです」

「……と申しますのは、いつぞや石上先生がさる保守的な綜合《そうごう》雑誌に『有吉、野坂の論はあまりにも悲観的すぎる。世の中は常になるようになるものだ。悲観論は俗耳に入りやすいが、それだけ世に焦燥感をはびこらせる。心すべきではないか』とお書きになっていたのを読ませていただきまして……」

小学校分校の島原が課長補佐のはなしを途中から引き継いだ。

「失礼ながら、石上先生は農業に関してはほとんど無知に近い。なんらかの方法で、石上先生に農業問題に興味を持っていただきたいと思いまして《農業政策に対する不満》が殺人の動機となるように事件を仕組んだわけでございますな」

「……藤川先生は見事に動機をお見抜きになった。これには敬服いたしましたぞ」

と、課長補佐は島原に取られていた話の主導権を奪い返して、

「しかし、藤川先生、先生は農協の出張所へはおいでになったが、市役所の支所へいらっ

しゃらなかった。これは先生らしからぬ手落ちでしたわな」

「ど、どうしてです？」

「市役所の支所で、加代さんの戸籍をお調べになれば、加代さんに小夜という名の妹なぞいないことが簡単におわかりになったはずだからですわ」

「加代さんに小夜という妹はいない⁈ ど、どういう意味だろう？」

「小夜というのは架空の人間ですがな。加代さんの一人二役ですわい」

「し、しかし、なぜ？」

「一人殺されるより、二人殺される方が事件としては派手でしょうが。そこで加代さんは、加代さんとしてまず殺され、次に小夜さんに扮してもう一度殺されたわけで……」

たしかに加代と小夜が二人そろって自分たちの前に現われたことはなかった、と藤川は思った。二人一緒のところを見たのは、加代と小夜が調理場で口論をしていたときだけであるが、そういえば、あのときの加代は始終藤川に背を向けていた……。

また藤川は今朝、農協出張所事務員の花江が「加代さんと小夜さんはとても仲が悪かったんです。加代さんが活躍するようなお芝居のときは小夜さんは参加しない。逆に小夜さんが主役を勤めるようなときは加代さんが姿を見せない。つまり、劇団・鬼には、常にどちらか一方しか姿を見せなかったのです。もっともほとんどの場合、姿を見せないのは小夜さんのほうでしたけど……」と言っていたことも思い出していた。花江はあのとき、自分に事件を解く鍵を渡してくれていたのだ！　そして劇団・鬼……、加代が一人二役を大過なく演じおおせたのも、課長補佐や島原教諭や高梨医師たちが、その加代に話を合わせ、あたかも殺人事件が実在したように振舞うことができたのも、アマチュア劇団員としてのキャリアによるところが大きかったにちがいない。つまり彼等にとってはすべてが「芝居」だったのだ。

「……うまく担がれちまったな」

苦笑しながら舞台に目を転じると、地味な束ね髪の加代のかわりに、ちりちりパーマの小夜が、そこには坐っていた。

「……女って得だわね。かつら、かつらひとつで別の女に化けることができるんだから」

小夜はくすくすっと笑って、かつらを脱いだ。すると小夜は加代に戻った。

「……ところで藤川先生、大橋旅館の恵美ちゃんが、なぜ、先生の『おれたちと睦《むつ》ちゃん』という本に、サインをねだったかおわかりになりました？」

「い、いや、わかりませんが……」

「先生はあの小説の中で、御家人の伜たちに明治天皇を誘拐《ゆうかい》させようとしてらっしゃったでしょう」

「ええ。ところが、その明治天皇が替え玉で……というのがあの小説のおちだったんだが」

「御家人の倅たちは、天皇誘拐の橋渡しをしてくれた京都の貧乏公卿《くげ》の子どもを怒鳴りつける。『よくもにせものの天皇を摑《つか》ませたな』って。すると貧乏公卿の子どもたちは『だまされたのは、あんたたちが悪い』と言い返すわね？」

「いやあ、ずいぶん詳しく読んでいただいているんだなあ、光栄です。じつは貧乏公卿の子どもたちは、小説の最初の方で〈明治天皇の御製《ぎょせい》〉と称するものを御家人の倅たちに与えているのですがね、その御製なるものを五・七・五・七・七に分けて、それぞれの冒頭の一字を繋《つな》げると『み・な・う・そ・だ』となる。『だから御製をよく読み抜けばだまされることはなかったはずだ』と京の貧乏公卿の子どもたちは御家人の倅たちに言い返す……。『おれたちと睦ちゃん』という小説の荒筋をごくごく大摑みに言えばそういうことになりますが……」

「じつはそれなのよ」

加代は下手の袖に向ってパチンと指を鳴らした。

「わたしたちは、藤川先生の小説『おれたちと睦ちゃん』のなかの貧乏公卿の子どもたちにならって、いちばんはじめにちゃんとヒントを出しておいたんだわ」

鬼舞い連のうちの数人が袖内から黒板をひとつ舞台の中央へ運び出した。

「昨夜、この鬼哭温泉ミュージック・ホールで、石上・藤川両先生歓迎の夕食会があったでしょ？　ほら、例の餅振舞いよ」

「はあ……」

「あのときに出た餅、全部、覚えてらっしゃる？」

「えーと、まずはじめが味噌餅。それから納豆餅。うぐい餅。そねみ餅。大根おろし餅。おしまいが、たしか雑煮だった……」

加代は藤川の述べ立てたとおりに、黒板の右半分に次のように書いた。

みそもち
なっとうもち
うぐいもち
そねみもち
だいこんおろしもち
ぞうにもち

そして、各行の冒頭の文字に白墨で二重丸をつけながら、大きな声で、

「み・な・う・そ・だ・ぞ」

と、読み上げた。

「ね？　皆、嘘だぞ、という警告になっているでしょ？」

「はあ……」

藤川は半ば呆れ、半ば感心し、黒板を茫《ぼう》とただ眺めている。

「餅振舞いの後に、小夜が――といってもじつはわたしだったのだけど――とにかく小夜が踊った。そのとき、レコードを六枚使ったのだけど、それもじつはあるメッセージになっていたのよ」

言いながら加代は、黒板の左半分に、以下のように書いた。

だれかがだれかをあいしてる
までどくらせどこぬひとを
さぎりきゆるみなとえの
れっと・いっと・びー
るな・ろっさ

なごやのひと

加代は前と同じように、各行の冒頭の文字に二重丸をつけた。

「ほうら、だまされるな、というメッセージになっているでしょ？」

「負けた。いやあ、やられました」

とうとう藤川は笑い出した。

「見事に担がれちゃったな。石上先生の『三十人の刺客』で犯人を暗示する一方、わたしの小説をだしにすべては嘘だと明示している。鮮やかな二段返しだ。兜《かぶと》を脱ぎますよ」

「ばかばかしいにもほどがある！」

目の前の煙草盆を蹴《け》っ飛ばしながら、石上克二が立ち上った。

「これほどひどい侮辱を蒙《こうむ》ったのははじめてだ。まったく最低の連中ばかり揃っておる。はなしにもなにもならん！　藤川君、ここを出よう……」

石上克二は出口に向って歩き出した。

「先生……」

加代が石上を呼びとめた。

「こういうお芝居を仕組んだのも、もとはといえば石上先生、あなたのせいなんですのよ」

「な、なに？」

　石上の足が停まった。

「わ、わたしがなにをしたというのだ？」

「昨日、先生方が高屋旅館にお着きになるとすぐ、鬼哭橋が落ちた、という報《しら》せが入りました。藤川先生は車で鬼哭橋へ様子を見においでになった。そして、石上先生は、わたしの案内で二階の座敷にお入りになった。そうでしたわね、石上先生……？」

「む。そ、それで……？」

「石上先生は、すぐにわたしの手をお握りになって『テレビもなければ、読む本もない。これじゃ退屈でかなわん。だからわたしはどうしても君を口説くよ。な、今夜、わたしのところへ忍んでおいで』とおっしゃった」

「………」

「おしまいには、石上先生はわたしに愛用の万年筆を押しつけて、『これは二十万近くもする名器だ。これをあげる。だから今夜はわたしにやさしくしておくれ』とこうです……。わたし、困ってしまいました。いくら相手が文壇の重鎮とはいえ、別に好きでもない人と枕を交わす気にはならない。かといって、簡単に断わっては失礼になる。それに、断わればまた口説きにくるにちがいない。どうしたらいいだろう。わたしはそこで市役所の岡田さんに相談したんです」

「加代さんから相談を受けたわたしは、すぐに島原さんのお家へとんでいったんですわ」

課長補佐は加代のあとを引き継いだ。

「島原さんは、さきほどもご自分で言っておられましたが、農業などなるようになるものさ、という石上先生のエッセイにひどく腹を立てておられた。そこで、二人で石上先生の『三十人の刺客』という小説をもとに、加代さんが石上先生に迫られずにすむ筋書をひねり出したわけですわ。……加代さんが死人になってしまえば、いかにしつっこい石上先生でも、迫りようがあるまいというわけですな。小夜という架空の女性が行方不明になったのも同じ理由ですわ」

石上は両の手を拳《こぶし》に握って、ぶるぶると震えながら立っていた。

「まあ、あまり石上さんを苛《いじ》めないでください」

藤川は石上を庇《かば》ったが、いつの間にか、石上先生が石上さんに変っている。

「ところで、最後にひとつだけみなさんにお伺いしておきたいことがあるんです。この鬼哭地区の農業ですが、農協の出張所で聞いたようにひどい状態ですか？　それとも……」

「以前はたしかにひどかった」

鬼舞い保存会の真田会長が舞台の上から、藤川に答えた。

「国の施策に引きずりまわされていたころは地獄でしたわ。しかし、最近では、この鬼哭地域だけはすべてがぐんと快調に行っておりますわい。まず、牛の粗飼料となる牧草畑を高塔山の南の傾斜地一帯に作りましてな、全員で七十頭の乳牛を飼っておりますぞ。それに育成牛が二十頭。で、牛の糞《ふん》でたい肥も作っておりますから、このへんの田ん圃は農薬公害とはまったく無関係ですわ。で、一日の平均出荷乳量は約千キログラム。昨年一年で三十六万キログラムを出荷、一千五百万円の純益をあげましたわ。また、みんなであちこちに桐《きり》を植えております。桐だけで十年後には一億円の収入になるでしょう。そんなわけで、この地域の農民は出稼ぎとは縁が切れとりますわなあ。おっともうひとつ、これらの指導をしてくださっているのが、加代先生ですぞ」

「し、しかし、加代さんは農業改良普及員を五、六年前におやめになっているはずですが……」

「ですから、普及員を辞めてからでないと、本当の指導はできないんです」

加代が言った。

「普及員ではどうしても国の政策に引きずられてしまうわけ。この土地の人間になってはじめて本当の指導……、指導なんていっちゃあすこしおこがましすぎるわね、まあ、本当に農業というものを考えることができるんじゃないか、そう気づいたから、やめたんですよ」

「なるほど」

「みなさんと一緒に大好きな農業について考え、時間が余れば鬼舞いを習ったり、お芝居をしたり……、ここの生活は理想的ですわ」

「……ありがとう」

藤川は舞台と客席に向ってお辞儀をした。

「ずいぶん大きな勉強をさせていただいたような気がします。では……」

藤川は石上を押すようにして、午後の明るい通りへ出た。ちょうどヘリコプターの爆音がゆっくりとこっちへ近づいてくるところだった。

小学校分校の庭で、石上と藤川を拾ったK新報社のヘリコプターは、機首を南に向けた。漫画家の立川が同乗していて、二人が席に落ち着くなり、

「じっさいひどい目に遭《あ》ったなあ」

と、大きな魔法壜《まほうびん》を差し出した。

「喫茶店もないようなところだったらしいじゃないか。仙台のホテルからコーヒーを運ば

せてある。どうだ、飲まないか？」

石上はぐったりとなって答えようともしない。

「石上君には死ぬほど退屈なところだったみたいだな」

立川は魔法壜の蓋《ふた》を外し、その蓋にコーヒーを注いだ。

「藤川君にはどうだった？　やはり退屈だったんだろう？」

「いや、退屈どころか、アメリカの超大作パニック映画を十本も一度に観たような心境です。あッという間に一日たってしまいました」

「またまた……」

立川はぞうっと音をさせてコーヒーを啜《すす》った。

「わたしを羨《うらやま》しがらせようたってだめだよ」

ヘリコプターは高塔山の南の斜面の上空から、ぐうんと東へ逸《そ》れる。びっしりと緑の絨毯《じゅうたん》を敷きつめたように見える牧草地に茶色の蟻《あり》のような乳牛が遊んでいる。

（……こうやって空から鬼哭地区に入れば、あんなおどろおどろしい芝居にも引っかからずに済んだんだが）

と、苦笑しながら、藤川は立川から魔法壜を受け取った。たしかに、空から見下ろした高塔山の南斜面は明るく、美しい……。

解説

『吉里吉里人』と『四捨五入殺人事件』
——井上ひさしさんとの半世紀

松田哲夫

井上ひさしさんというと「遅筆作家」として名高い。ご自身もそれを認めて、執筆用の原稿用紙に「遅筆堂用箋」の文字をさりげなく印刷していた。ところが、井上さんの没後に周囲の人たちのお話をうかがうと、「いやいや、書き出すと速かったよ」と揃って言う。たしかに担当編集者としておつきあいをしていたぼくも、そう感じてはいた。井上さんは、一九六四年ごろから売れっ子の放送ライターの一人となり、多い月は執筆量が千五百枚を超えた（「自筆年譜」による）。放送台本は小説の原稿などに比べて、文字の密度が低いとはいえ、驚異的な数字と言わざるをえない。

では、なんで原稿のあがりがあんなに遅かったのか。それは、小説、戯曲などを執筆するときには、入念な下調べ、研究がおこなわれていたからではないか。例えば、ぼくが編集していた『終末から』版「吉里吉里人」の執筆開始六ヵ月前、井上さんから準備の進み具合を伝える葉書が届いた。その一節を書き写してみる。

「いままで読んだ参考資料は①「現代国際法」(寺沢一編)②「三重苦の農村」(近藤康男編)③「法と言語」(碧海純一)④「科学としての法律学」(川島武宜)⑤「ジュリスト」五冊。取材は一月四・五日の二回、東北大学法学部教授樋口陽一氏と延十二時間」

井上さんは、本気で吉里吉里独立を実現しようと考えていた。だから、研究の対象もここまで広範囲に広がっているのだ。これでは、どれだけ時間がかかってもしかたがない。でも、そのまま放っておくとこの連載は休載になってしまう。

やきもきしていると、なんとか下準備ができたようだ。いよいよご執筆開始かと思いきや、井上さんは「プロット」をおもむろに書きはじめる。これは、大判の原稿用紙を横につないでいったもので、勧進帳のように次々にめくって見るようになっている。井上さん特有の丸文字で話の流れに沿ってメモ書きがあり、要所要所には地図や旅館の間取りなどの図がちりばめられている。今回、「参考に」と仙台文学館所蔵の「四捨五入殺人事件」(一九七五年)のプロットをコピーしていただいたのだが、じっくり読んでいくと、なかなか面白い。

「四捨五入殺人事件」の場合、例えば、講演会のもう一人の講師である漫画家の立川強一先生は、市の観光課長とこけし工場見学に行っているので、六十分ほど遅れてあとから来るとか、高屋旅館のおかみは第一回ミス東北だったとか、小説には出てこないエピソードを知ったり、文中にちりばめられた情報を集約して把握することもできる。

雑誌サイドが定めた締め切り日が過ぎても、未だに原稿の影も形も見えてこないことに担当編集者が焦り始める。すると、井上さんは慰めるように、プロットを見せてくれる。このプロットは、部分的に展覧会などで公開されたことはあったが、一つの作品全部を眺めることができたのは初めてだった。これは、単なる下書きではなく、プロットそのものが一つの見事な作品である。いつか、どこかの出版社が『井上ひさしプロット文学全集』なるものを出版してくれるとうれしいな。

さて、この「四捨五入殺人事件」という小説とぼくとは、不思議な因縁の糸によって結ばれている。この長編小説は、そもそも井上さんの代表作の一つ「吉里吉里人」と密接に繋がっている。その「吉里吉里人」は、一九七一年、ぼくが筑摩書房に入社して以来、お願いし続けていた「ひょっこりひょうたん島」のノベライズ版の代わりにと、井上さんか

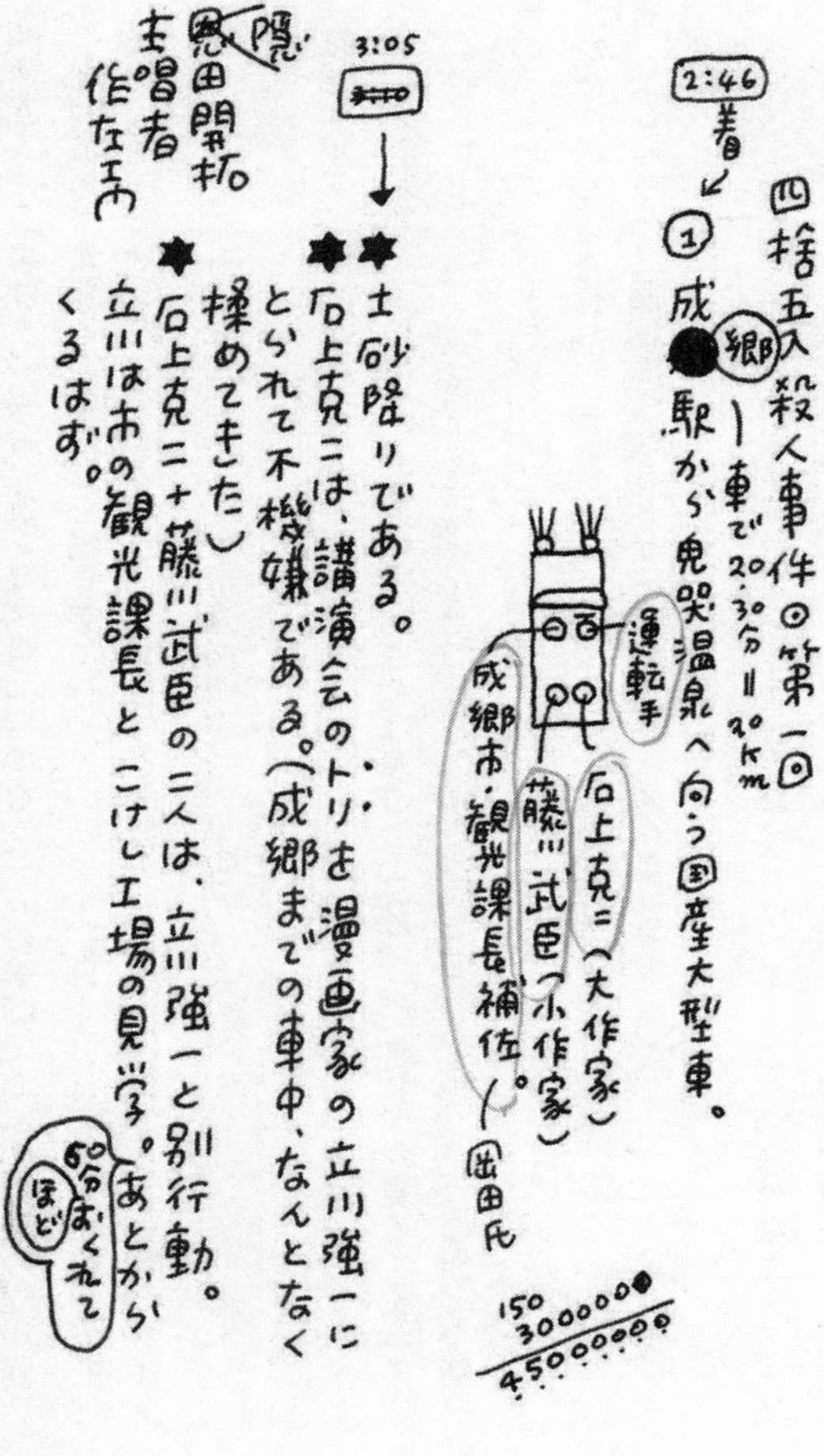

四捨五入殺人事件の第一回
2:46
着
①成郷駅から鬼哭温泉へ向う国産大型車。
車で20・30分＝20km

150
300000
4500000
3:05
★★土砂降りである。
★★石上克二は、講演会のトリを漫画家の立川強一にとられて不機嫌である。（成郷までの車中、なんとなく揉めてきた）
★石上克二＋藤川武臣の二人は、立川強一と別行動。あとから
立川は市の観光課長とこけし工場の見学。
5分ほどおくれて
くるはず。
隠田開拓
主唱者
作左エ門

『四捨五入殺人事件』自筆プロット（冒頭部分。仙台文学館蔵）

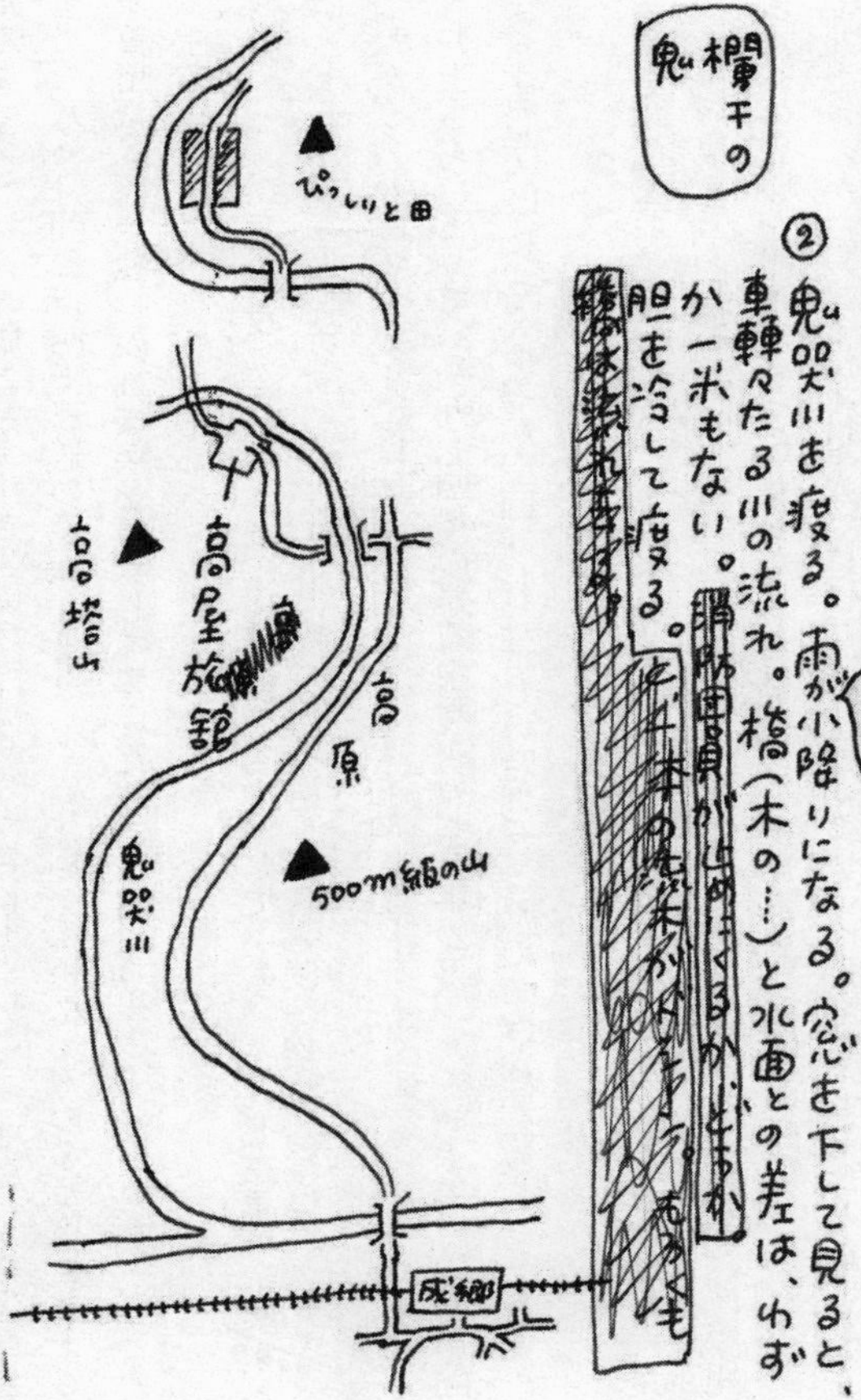

欄干の鬼
②
鬼哭川を渡る。雨が急に小降りになる。窓を下して見ると、
轟々たる川の流れ。橋（木の……）と水面との差は、わず
か一米もない。
胆を冷して渡る。
ぴっしりと田
高屋旅館
高塔山
高原
鬼哭川
500m級の山

ら「もう一つの『ひょうたん島』なんです」と提案されたものだった。ぼくは、「ひょうたん島」ノベライズ版と「吉里吉里人」の成功のために、一九七二年八月から七三年三月までの八ヵ月間に百四十三通の手紙（葉書）を送り続けていた。その多くは、井上さんが原稿用紙に書く独特の丸文字を模写して書いたり、「吉里吉里人」のパロディだったり、多種多様だった。

じつは、「吉里吉里人」は二度の連載開始を経験している。一九七三年の『終末から』版と七八年の『小説新潮』版である。ぼくたちは新雑誌『終末から』の成功を願って頑張ったが、力及ばず、翌年には休刊になってしまった。「吉里吉里人」の連載も中絶。井上さんにとって、一九七四年の連載中断から七八年の再スタートまでの約四年間は、「吉里吉里人」に注ぐ情熱が空回りして苦しい時期だったのではないか。

そこで生まれてきたのが、一九七五年七月から『週刊小説』で連載されたミニ吉里吉里人ワールド＝「四捨五入殺人事件」だ。同じような設定の物語を紡ぐことで「吉里吉里人」への思いを紛らわせていたのかもしれない。

井上さんから、『吉里吉里人』には、別の展開もいくつか考えていた」と聞いたことがある。もしかすると、そういう試作的な意味もあったのかもしれない。しかし負けず嫌いな井上さんは、「日本国憲法の扱い方や吉里吉里国の軍備問題などについて、作者の考え方が浅く、雑誌の終刊を奇貨として、長いこと放ったらかしたままにしておりました。が、この一年、ぼちぼち書き直しているうちに、ふたたびある手応えが感じられるようになってきました」と連載中断をプラスに転化したと書いている（『小説新潮』一九七八年五月）。

勘の良い読者の方は、お気づきだと思うが、「吉里吉里人」と「四捨五入殺人事件」とには似通っているところがある。簡単に言っちゃえば、どちらも、作家の先生が東北旅行に出かけ、その先で事件に巻き込まれるというお話である。「吉里吉里人」の作家先生は、「糠雨のなか」「急行『十和田3号』」で「取材旅行」に向かっている。「四捨五入殺人事件」の先生たちは「土砂降り」のなか「国産大型車」で「講演」をおこなうために出かけてきた。行った先にストリップ劇場があったり、農業問題に直面しているなど、類似点はいろいろある。

この「四捨五入殺人事件」がぼくの目の前に現れたのは一九七九年のことだった。その前の年、筑摩書房は倒産した。井上さんは、ぼくたちのことを心配してくれて、すでに新潮社から刊行することが決まっていた「四捨五入殺人事件」を筑摩で出せないか話してみる、と言ってくださった。松田↓「吉里吉里人」↓「四捨五入殺人事件」という連想で出てきた話だったのかもしれない。

この時、連載時のコピーを揃えて、読み込んでいった。「吉里吉里人」などに比べれば粗っぽいが、井上さんが楽しんで書いていることが伝わってきて、気持ちよく読了した。そして、もしぼくが担当させていただけるのなら、という視点で、この作品をじっくり読み直して、便箋九枚に思いを込めて感想を綴っていった。結局、この話は成立せず、「四捨五入殺人事件」は「吉里吉里人」に遅れること三年、一九八四年に新潮文庫オリジナルとして刊行された。

それから二十数年経って井上さんが亡くなった。その後、偲ぶ会が各地で開かれた。そのいつの会だったか定かではないが、井上さんの生原稿の管理を担当している仙台文学館副館長の赤間亜生さんが、『四捨五入殺人事件』の原稿には、松田さんの手紙が同封保管されていますよ」と教えてくれた。

今回、「四捨五入殺人事件」の文庫解説を書くにあたって、プロットと一緒にぼくの手紙のコピーも送っていただいた。封書を開いてみると、四十一年前のぼくがそこにいた。井上さんに頻繁に手紙を出し続けていた二十代半ばのころは、井上さんに対してタメロで語りかけたり、作品を読んだ感想を飾ることなく『手鎖心中』で、アッサリあの若旦那を殺しちゃうあたりも。かなり残酷な人ではないかと思ったよ」などと書き連ねていた。それに比べると、三十代前半のぼくは「お芝居でいつも見事なドンデン返しを見せてくださる井上さんならではの、とても周到に仕組まれた、面白くて、そして考えさせられる推理小説です」と褒め言葉から入って、どうしたらより面白くなるのか具体的な場面に沿って提案をしている。

とはいえ、その手紙には、「タイトルの『四捨五入』の面白味を生かすエピソードを」とか、「二重の密室を活かしたトリックを」とか「農業問題の深刻さをより鮮明にしたら」とか、「もう一つドンデン返しを」とかいろいろ書いているようだが、実はこの物語に書かれているものをなぞっているだけとも言える。それに、農業問題などを掘り下げていくと、「吉里吉里人」に似てきてしまうのではないか。

それにしても、井上さんはどうして、新鮮な発見が皆無のこんな手紙を保存しておこうと思ったのだろうか。この手紙を書いた一九七九年九月から二年後の八一年八月、ちょっと疎遠になっていた井上さんから葉書が来た。そこには、こう記されていた。

「ようやく『吉里吉里人』が出ることになりました。生みの親の松田さんにお礼を申しあげます」

その葉書が届いたのは『吉里吉里人』の分厚い単行本が店頭に並ぶ直前のことだった。

井上さんは、「吉里吉里人」誕生前夜のぼくのしつこい手紙攻勢はじめ、さまざまなことを思い出しながら、こういう言葉をかけてくださったのだ。どんなことがあろうとも面白くて優れた作品が世の中に旅立って行くお手伝いをしたい。そういう編集者としての一途な気持ちを受け止めてくださった。そう思っている。

（まつだ　てつお／編集者）

本文中に、今日の人権意識に照らして不適切な語句や表現が見られますが、著者が故人であること、執筆当時の社会的・時代的背景と作品の文化的価値に鑑みて、そのままとしました。

『四捨五入殺人事件』
初出　「週刊小説」（実業之日本社）一九七五年七月十八日号～九月十九日号連載
初刊　一九八四年六月　新潮文庫

中公文庫

四《し》捨《しゃ》五《ご》入《にゅう》殺《さつ》人《じん》事《じ》件《けん》

2020年７月25日　初版発行
2020年９月30日　３刷発行

著　者　井上《いのうえ》ひさし

発行者　松 田 陽 三

発行所　中央公論新社
〒100-8152　東京都千代田区大手町1-7-1
電話　販売 03-5299-1730　編集 03-5299-1890
URL http://www.chuko.co.jp/

ＤＴＰ　平面惑星
印　刷　三晃印刷
製　本　小泉製本

Published by CHUOKORON-SHINSHA, INC.
Printed in Japan　ISBN978-4-12-206905-3 C1193

い-38-4
太宰治
井伏鱒二
師として友として太宰治と親しくつきあった井伏鱒二。二十年ちかくにわたる交遊の思い出や作品解説など太宰に関する文章を精選集成。〈あとがき〉小沼　丹
206607-6

い-38-5
七つの街道
井伏鱒二
篠山街道、久慈街道……。古き時代の面影を残す街道を歩いて、史実や文献を辿りつつ、その今昔を風趣豊かに描いた紀行文集。〈巻末エッセイ〉三浦哲郎
206648-9

お-10-3
光る源氏の物語（上）
大野　晋
丸谷才一
当代随一の国語学者と小説家が、全巻を縦横無尽に読み解き丁々発止と意見を闘わせた、斬新で画期的な『源氏論』。読者を難解な大古典から恋愛小説の世界へ。
202123-5

お-10-4
光る源氏の物語（下）
大野　晋
丸谷才一
『源氏』は何故に世界に誇りうる傑作たり得たのか。詳細な文体分析により紫式部の深い能力を論証する。『源氏』解釈の最高の指南書。〈解説〉瀬戸内寂聴
202133-4

お-10-5
日本語はどこからきたのか　ことばと文明のつながりを考える
大野　晋
日本とは何かを問い続ける著者は日本語とタミル語との系統的関係を見出し、日本語と日本文明の発展の歴史を平易に解き明かす。〈解説〉丸谷才一
203537-9

お-10-6
日本語はいかにして成立したか
大野　晋
日本語はどこから来たのか？　神話から日本文化の重層的成立を明らかにし、文化の進展に伴う日本語の展開と漢字の輸入から仮名遣の確立までを説く。
204007-6

お-10-8
日本語で一番大事なもの
大野　晋
丸谷才一
国語学者と小説家の双璧が文学史上の名作を俎上に載せ、それぞれの専門から徹底的に語り尽くす知的興奮に満ちた対談集。〈解説〉大岡信／金田一秀穂
206334-1

こ-60-1
ひたすら面白い小説が読みたくて
児玉　清
芸能界きっての読書家として知られた著者が、ミステリーから時代小説まで和洋42の小説を紹介する。本を選びあぐねている人に贈る極上のブックガイド。
206402-7

各書目の下段の数字はISBNコードです。978-4-12が省略してあります。

し-6-52
日本語と日本人〈対談集〉
司馬遼太郎
井上ひさし、大野晋、徳川宗賢、多田道太郎、赤尾兜子、松原正毅氏との絶妙の語り合いで、〈実にややこしい言葉〉日本語と日本文化の大きな秘密に迫る。
202794-7

た-30-28
文章読本
谷崎潤一郎
正しく文学作品を鑑賞し、美しい文章を書こうと願うすべての人の必読書。文章入門としてだけでなく文豪の豊かな経験談でもある。〈解説〉吉行淳之介
202535-6

ま-17-9
文章読本
丸谷才一
当代の最適任者が多彩な名文を実例に引きながら文章の本質を明かし、作文のコツを具体的に説く。最も正統的で実際的な文章読本。〈解説〉大野　晋
202466-3

ま-17-11
二十世紀を読む
丸谷才一
山崎正和
昭和史と日蓮主義から『ライフ』の女性写真家まで、皇女から匪賊まで、人類史上全く例外的な百年を、大知識人二人が語り合う。〈解説〉鹿島　茂
203552-2

ま-17-12
日本史を読む
丸谷才一
山崎正和
37冊の本を起点に、古代から近代までの流れを語り合う。想像力を駆使して大胆な仮説をたてる、談論風発、実に面白い刺戟的な日本および日本人論。
203771-7

ま-17-13
食通知ったかぶり
丸谷才一
美味を訪ねて東奔西走、和漢洋の食を通して博識が舌上に転がすは香気充庖の文明批評。序文に夷齋學人・石川淳、巻末に著者がかつての健啖ぶりを回想。
205284-0

ま-17-14
文学ときどき酒　丸谷才一対談集
丸谷才一
吉田健一、石川淳、里見弴、円地文子、大岡信ら一流の作家・評論家たちと丸谷才一が杯を片手に語り合う。最上の話し言葉に酔う文学の宴。〈解説〉菅野昭正
205500-1

み-9-15
文章読本　新装版
三島由紀夫
あらゆる様式の文章・技巧の面白さ美しさを、該博な知識と豊富な実例と実作の経験から詳細に解明した万人必読の書。人名・作品名索引付。〈解説〉野口武彦
206860-5